1781

Roger-Pol Droit

Wer glaubt was?

Wie ich meiner Tochter die Religionen erkläre

Aus dem Französischen von Hainer Kober

Hoffmann und Campe

Die Originalausgabe erschien 2000 unter dem Titel
»Les religions expliquées à ma fille«
im Verlag Éditions du Seuil, Paris.

1. Auflage 2003

www.hoffmann-und-campe.de
Umschlaggestaltung: Büro Hamburg / Stefanie Liceni
Abbildung: photonica / Minory Toi
Satz: Dörlemann Satz, Lemförde
Druck und Bindung: Clausen & Bosse, Leck
Printed in Germany
ISBN 3-455-09402-3

HOFFMANN
UND CAMPE

Ein Unternehmen der
GANSKE VERLAGSGRUPPE

Inhalt

Zur Entstehung des Buches

Ich war überrascht. Als meine Tochter Marie dreizehn Jahre alt war, wurde mir bewusst, dass sie überhaupt keine religiöse Erziehung genossen hatte. Offenbar war das kein Zufall. Wir hatten gedacht: »Sie wird sich eines Tages entscheiden und ihre eigenen Vorstellungen entwickeln.« Diese Haltung war uns vernünftig erschienen. Die Familie hatte mehr oder weniger protestiert, uns aber auch mehr oder weniger gewähren lassen. So war Marie wie viele Kinder ihrer Generation aufgewachsen, ohne einer Religion anzugehören.
Allerdings hatten wir nicht an die Folgen gedacht: Überrascht stellte ich fest, dass sie überhaupt keine Orientierungspunkte hatte. Die Bibel, die Idee Gottes, die Bedeutung des Sakralen – nichts von alledem schien ihr ein Begriff zu sein. Sie schien noch nicht einmal die grundlegendsten Übereinstimmungen und Unterschiede zwischen Juden, Christen, Muslimen und Buddhisten zu kennen. Niemand hatte ihr die Einheit der Religionen und ihre Vielfalt klar gemacht. Weder in der Schule noch zu Hause.

Dabei sollte jeder Mensch gewisse Grundkenntnisse bezüglich all dieser Fragen besitzen. Das gehört zur »Allgemeinbildung«, erschließt uns das Verständnis der Kunst und macht uns den Alltag in unserer modernen Welt begreiflich. Heute leben in allen Staaten Menschen verschiedener Glaubensrichtungen zusammen, für die es weitaus besser wäre, wenn sie mehr voneinander wüssten.
Doch das ist noch nicht alles. Die Religionen sind ein wesentlicher Teil menschlicher Erfahrung. Wenn wir unseren Kindern nicht von ihnen erzählen, laufen sie Gefahr, die Schätze der Menschheit ganz zu verlieren.
Deshalb habe ich diesen Versuch unternommen. Ich habe mich bemüht, mit meiner Tochter so einfach wie möglich von den Dingen zu sprechen, an die viele Hundert Millionen Menschen glauben, von den Hoffnungen, die sie hegen, und von den Gefühlen, die sie bewegen. Es galt, ihre Fragen ehrlich und klar zu beantworten, ohne die Grenzen meiner Kenntnisse und die Grenzen dieses Versuches zu verschweigen. Es war mir nicht darum zu tun, enzyklopädisches Wissen zu vermitteln. Den Geist der verschiedenen Religionen sichtbar zu machen war wichtiger, als Listen mit Festen und Ernährungsvorschriften aufzustellen.
Das hat Zeit gekostet. Wir haben lange Gespräche geführt, manche Dialoge aufgezeichnet und Notizen ausgetauscht. Junge Leserinnen und Leser ha-

ben ihre Kommentare beigesteuert. Auch einige Erwachsene haben zur Entstehung dieses Buches beigetragen. Es trägt ihren Vorschlägen Rechnung. Als ich den Text redigierte, dachte ich, dass er auch für andere Kinder und andere Eltern von Interesse sein könnte.
Damit wäre das Projekt erklärt. Bei den Religionen wird es nicht ganz so einfach sein. Fangen wir an.

1

Die Voraussetzungen

Hör zu, ich will dir nichts vormachen. Es ist unmöglich, dir die Religionen zu erklären! Sagen wir es frei heraus: Es wird uns nicht gelingen.

Das fängt ja gut an! Ich dachte, du könntest mir sagen, wer was glaubt, und mir erklären, wovon die Menschen in den verschiedenen Religionen überzeugt sind.

Ich will es versuchen. Doch im Augenblick verwenden wir das Wort »erklären« nicht in der gleichen Bedeutung. »Erklären« kann so viel heißen wie »erzählen«. Wenn ich dich beispielsweise auffordere: »Erklär mir, was du heute getan hast«, dann meine ich damit einfach, dass du mir erzählst, wie dein Tag verlaufen ist, was dich interessiert und was dich gelangweilt hat und so fort. In diesem Fall ist deine »Erklärung« lediglich die Geschichte deines Tages, der Bericht über das, was du erlebt hast.
Doch das Wort kann auch die Ursachen meinen. Wenn du mich zum Beispiel bittest: »Erklär mir das

Himmelsblau«, dann heißt das: »Sag mir, *warum* der Himmel blau ist, wie es kommt, dass es sich so und nicht anders verhält.«

Und in Bezug auf die Religionen?

Nun ja, ich denke, man kann sie »erzählen«. Man kann ihre Inhalte zusammenfassen. Aber es wird einem nicht gelingen, mit Gewissheit zu sagen, »aus welchen Gründen« es Religionen gibt, welchem Umstand ihre Existenz zu verdanken ist. Das scheint mir ein Teil des Geheimnisses zu sein. Wer an Gott glaubt, sieht darin einen Teil des göttlichen Geheimnisses. Für diejenigen, die nicht an ihn glauben, ist es ein Teil des menschlichen Geheimnisses. Tiere haben keine Religionen! Dagegen sind die Menschen fast überall und zu allen Zeiten von dem fasziniert, was über sie hinausreicht und was sie nicht wirklich verstehen können – Geburt, Tod, das Verstreichen der Zeit, die einfache Tatsache unserer Existenz, die Schönheit der Welt, die Unendlichkeit des Himmels, die Naturgewalten. Auf alle diese Fragen, die unseren Verstand übersteigen, haben die Religionen versucht, Antworten zu geben – und es sind höchst verschiedene Antworten.

Wie viele Religionen gibt es?

Tausendundeine! Das ist natürlich nur eine Redensart. Aber auch dieser Ausdruck lässt sich auf unterschiedliche Weise verstehen. »Tausend« heißt, dass es sehr viele und sehr verschiedene Religionen gibt. Du weißt, Religionen findet man in allen Ländern, in allen Kulturen, in allen Epochen. Diese ungeheure Vielfalt gleicht ein wenig der Vielfalt der Menschen.

Aber es gibt doch nicht so viele Religionen wie Menschen! Dann bekommen wir es ja nie heraus.

Trotzdem sind die Religionen wie die Menschen: Sie werden geboren und sterben – auf ihre Art. Tatsächlich sind viele Religionen im Laufe der Geschichte verschwunden. Übrig geblieben sind Tempel, Statuen, manchmal Texte. Aber niemand praktiziert sie noch. Die Religionen der Antike – der Ägypter, Griechen, Römer, Gallier und anderer – werden von den Historikern studiert. Doch die Menschen unserer Zeit teilen viele dieser religiösen Überzeugungen nicht mehr. Die Zeremonien der untergegangenen Religionen werden von niemandem mehr praktiziert. Andere Religionen hingegen haben die Jahrhunderte überdauert. Die meisten Weltreligionen, die es heute gibt, sind sehr alt. Sie haben sich seit der Antike gehalten, indem sie von

Generation zu Generation weitergegeben wurden. Dabei haben sie sich gelegentlich ein bisschen gewandelt, weil sie sich den verschiedenen Epochen anpassen mussten. Doch in ihrer Gesamtheit sind sich diese Religionen, die die Zeit überdauert haben, mehr oder minder gleich geblieben. Als hätten sie die Frisur und den Hut gewechselt, das Gesicht aber behalten.

Entstehen auch jetzt noch Religionen?

Ja. Es gibt religiöse Bewegungen, die sich vor allem in Afrika und Lateinamerika entwickeln. Meist beginnt es damit, dass jemand behauptet, Gott habe sich ihm offenbart. Er sagt zum Beispiel, er habe Visionen gehabt, die die Zukunft beträfen, oder Gott habe ihm eine Botschaft zukommen lassen. Manchmal bleibt ein solcher Mensch dabei in den Grenzen einer bereits bestehenden Religion. Doch in den afrikanischen oder lateinamerikanischen Gesellschaften werden diese Propheten häufig zu Stiftern neuer Religionen. Teilweise greifen ihre Glaubenslehren bereits existierende religiöse Ideen auf und formen sie mehr oder weniger um. Einige Bewegungen dieser Art bleiben sehr begrenzt. Andere gewinnen größere Bedeutung. Auf jeden Fall gibt es ein beträchtliches schöpferisches Potenzial in diesem Bereich.
Das ist also der Grund, weshalb ich eben gesagt habe,

es gebe »tausend« Religionen. Damit wollte ich natürlich keine konkrete Zahl angeben, sondern nur deutlich machen, dass die Anzahl und Vielfalt religiöser Überzeugungen und Riten sehr groß ist.

Du hast gesagt: »Tausendundeine«. Worauf bezieht sich »und eine«?

Du weißt, dass es zahlreiche Religionen gibt. Trotzdem sagst du nicht immer *die* Religionen. Manchmal sprichst du auch von *der* Religion, als handelte es sich im Grunde nur um eine. Einerseits sind es »tausend«, denn betrachten wir die Welt durch ihre Brillen, sehen wir höchst verschiedene, ja entgegengesetzte Wirklichkeiten. – Und andererseits könnte man meinen, es gäbe nur eine einzige Religion. Was die Religionen eint, ist die Tatsache, dass sie alle einem bestimmten Erkenntnistrieb des Menschen entsprechen.

Dann heißt es also nicht »noch eine mehr«, sondern »eine insgesamt«!

Genau! Es heißt, dass alle diese Religionen ihr eigenes Gesicht haben, aber dass alle diese Gesichter eine gewisse Familienähnlichkeit aufweisen. Das ist auf den ersten Blick nicht so leicht zu erkennen. Dazu müssen wir erst ein kleines Stück Weg gemeinsam zurücklegen. Ich schlage vor, dass wir dieses »Tausendundeine« noch eine Weile zurückstellen. Wir kommen dann später noch einmal darauf zurück. Dann sehen wir es vielleicht unter einem anderen Blickwinkel.

Hat es schon immer Religionen gegeben?

Zweifellos haben bereits die vorgeschichtlichen Menschen eigene Formen der Religion besessen.

Meiner Meinung nach glaubten sie nicht an einen Gott, denn man hat keine Anzeichen dafür gefunden, dass sie Zeremonien hatten …

Wir können nicht mit Sicherheit sagen, was sie geglaubt haben, weil keine schriftlichen Zeugnisse gefunden wurden. Die Geschichte im eigentlichen Sinn beginnt mit der Erfindung der Schrift. Die Vorgeschichte hat uns nicht einen einzigen geschriebenen Satz hinterlassen. Doch es ist denkbar, dass die Zeichnungen und Bilder, die man in einigen vorgeschichtlichen Höhlen entdeckt hat, nicht lediglich dekorative oder künstlerische Funktion gehabt haben. Wahrscheinlich hatten diese Zeichnungen mit Versammlungen, Festen, Riten, Zeremonien und vielleicht auch mit magischen Beschwörungen, auf jeden Fall aber mit den Anfängen von Religion zu tun. Vor allem aber hat die vorgeschichtliche Menschheit Gräber erfunden. Die Toten wurden bestattet. Offenbar hatten sie religiöse Vorstellungen, was das Schicksal nach dem Tode betraf. Folglich können wir annehmen, dass es damals wirklich Formen von Religion gegeben hat. Aber über ihren Inhalt wissen wir so gut wie nichts.

Zu deinen tausend zählst du also auch die Religionen der vorgeschichtlichen Menschen?

Ja. Im Übrigen gibt es kein Beispiel für eine menschliche Gesellschaft, in der es überhaupt keine Religion gab. Heute wächst die Zahl der Menschen, die religiöse Überzeugungen und Ideen haben, aber keine Religion praktizieren. Sie erkennen sich in keiner der existierenden Religionen. Doch das heißt nicht, dass es in dieser Gesellschaft keine Religionen gibt! In der Gesellschaft, in der du lebst, gibt es Christen, Juden, Muslime, Buddhisten ... Es gibt Menschen, die verschiedene Religionen ausüben, und andere, die keine praktizieren. Aber in der Gesellschaft insgesamt gibt es sehr wohl Religionen. Halten wir noch einmal fest: In der Geschichte der Menschheit hat es nie eine Gesellschaft gegeben, in der überhaupt keine Religion existierte. Seit Menschen auf der Erde leben, haben sie auch Religionen. Die Gesellschaften sind sehr verschieden, doch in jeder gab es stets »etwas«, was einer Religion entsprach. Diese Entsprechung müssen wir zu verstehen versuchen. Was ist dieses »Etwas«? Was machen die Menschen mit Religionen? Das ist keine einfache Frage …

Wir müssen uns mit der Definition des Wortes »Religion« befassen! Wir haben noch nicht darüber gesprochen, was es bedeutet. Woher kommt das Wort?

Das Wort stammt aus dem Lateinischen. Es gibt zwei Möglichkeiten, seinen Ursprung zu erklären. Die Gelehrten streiten sich, können sich aber nicht entscheiden, welche Erklärung die richtige ist. Du wirst sehen, es ist interessant, die Bedeutungsunterschiede näher zu betrachten.

Einige Fachleute meinen, das Wort »Religion« leite sich von *religare* her, was »verbinden« bedeutet. Daraus ergibt sich eine ganz einfache Idee: »Als Religion bezeichnet man das Bestreben, die menschliche Welt mit der göttlichen zu *verbinden*.« In diesem Sinne umfasst die Religion alle Tätigkeiten, deren Ziel es ist, Menschen und Götter, Erde und Himmel oder auch die natürliche Welt mit der übernatürlichen zu verbinden. Jedes Mal ist »verbinden« die zentrale Bedeutung.

Andere Gelehrte behaupten, das Wort »Religion« stamme von lateinisch *relegere* – »wieder lesen« oder »noch einmal lesen«. Wenn die Römer ein Gebet sagten oder ein Opfer zu Ehren der Götter darbrachten, war es für sie am wichtigsten, dass sie keinen Fehler begingen, dass sie alles noch einmal genau gelesen hatten. *Religio* kann auch »Gewissenhaftigkeit« heißen. Entscheidend ist also, dass der Mensch sehr aufmerksam sein muss, dass er sich nicht irren darf, dass er unter allen Umständen Fehler bei den rituellen Handlungen und Gebeten vermeiden muss. Diese zweite Bedeutung unterstreicht einen anderen Aspekt der Religion …

Den der Strenge?

Ja, das sind Ideen, die bis in die Antike zurückreichen. Wenn sich der Priester bei den Römern beispielsweise im Verlauf einer Zeremonie in einem Wort, einer Bewegung irrte, dann glaubten alle Bewohner der Region, sie würden bestraft. Man musste befürchten, die Götter erzürnt zu haben. Es bestand die Gefahr, dass sie die Ernte zerstörten, Stürme schickten oder Krankheiten säten. Folglich mussten die heiligen Sprüche absolut fehlerlos hergesagt werden, selbst wenn man ihre Bedeutung nicht mehr verstand.
Diese beiden möglichen lateinischen Ursprünge des Wortes »Religion« (»verbinden« oder »noch einmal lesen«) lassen sich auch mit den, wie ich sie nenne, »beiden Seiten« der Religionen in Verbindung bringen. Tatsächlich haben sie alle eine »innere« und eine »äußere« Seite.

Was heißt das?

Die »innere« Seite sind die religiösen Gefühle, die Überzeugungen, der Glaube: alles, was vom menschlichen Geist ganz persönlich und privat empfunden und erlebt wird. Insofern vollzieht sich die religiöse Erfahrung zunächst »im Inneren« eines jeden. Entscheidend ist, was man selbst empfindet.
Die andere Seite ist all das, was sich »außerhalb« der Köpfe, in der Gesellschaft ereignet: das Versammeln in Kirchen, Zeremonien und Rituale, Priester und Mönche, Gewohnheiten und kirchliche Feiertage. Alle diese Elemente gehören ebenfalls zur Religion. Aber du siehst sicher, dass sie nicht auf derselben Ebene angesiedelt sind wie die persönlichen Empfindungen des Einzelnen.

Aber wie ist es, wenn sich ein einzelner Mensch seinen persönlichen Glauben zurechtlegt? Das ist dann doch keine Religion, oder?

Das ist ein Teil von Religion. Ein Element, wenn du so willst. Wenn ein Mensch »seine« Religion ganz für sich hat (das heißt, seine privaten Überzeugungen und Glaubensinhalte), hat diese Religion keine Zeremonien, Anhänger, Tempel, keine Gebete, Rituale oder kollektiven Feste. Eine Religion kann aber nicht allein aus privaten Ideen bestehen, sie muss auch eine Reihe von Tätigkeiten umfassen, die

die Mitglieder einer Gesellschaft zusammenführt. Diese beiden Seiten gehören unbedingt zusammen. Im Übrigen ist das nicht das einzige Gegensatzpaar, dem wir begegnen werden.

Was ist ein Gegensatzpaar?

Das sind zwei gegensätzliche, aber dennoch untrennbar verbundene Ideen. Sie bilden eine Einheit, wie zum Beispiel »gut und böse«, »positiv und negativ«. Für die Definition von Religionen hat das Gegensatzpaar »**sakral** und **profan**« eine große Bedeutung.
Als »sakral« oder »heilig« bezeichnen wir alles, was von einer Kraft bestimmt wird, die über das Vermögen der Menschen und der Natur hinausreicht. Ein Baum kann heilig sein, aber auch ein Stein, ein Tier oder ein Gebäude. Äußerlich unterscheiden sie sich nicht von anderen Objekten gleicher Art, doch sie werden anders wahrgenommen. Sie sind etwas Besonderes, so dass man sich mit ihnen nur unter bestimmten Auflagen befassen darf. In jeder Religion gibt es eine ganze Reihe von Regeln, die festlegen, welche Verhaltensmaßnahmen man zu beachten hat, wenn man sich sakralen Objekten nähert.
Dinge, die »profan« sind, lassen sich viel leichter definieren. Es ist nämlich alles Übrige! Alles, was nicht sakral ist – mit anderen Worten, der banalen,

alltäglichen Welt ohne Geheimnis und Macht angehört – ist profan. Eine der Hauptaufgaben von Religionen ist, wenn ich so sagen darf, die »Überwachung der Grenze« zwischen dem Profanen und dem Sakralen.

Was geschieht, wenn man diese Grenze unbedacht überschreitet?

Katastrophen! Auf jeden Fall schwerwiegende Ereignisse. Doch entscheidend ist, dass das Sakrale eine schreckliche Macht besitzt. Das Heilige gilt als etwas Wunderbares, Erhabenes und gleichzeitig als etwas Fürchterliches, Erschreckendes. Aus religiöser Sicht kann das Sakrale für die Menschen zerstörerisch sein, wenn sie die Regeln nicht beachten.
Und die wichtigste Regel ist eben, dass man die Grenze beachtet, die das Sakrale und Profane trennt. Einen Tempel oder ein Grab zu »profanieren« heißt eben, sie zu entweihen, ihren sakralen Charakter nicht zu achten, sie zu betreten wie einen beliebigen Ort.

Wie soll das gehen? Was für den einen sakral ist, muss es doch für den anderen nicht unbedingt sein, oder?

Natürlich nicht, das ist eine Frage des Glaubens! Aber man kann den Glauben eines Menschen achten, ohne ihn zu teilen. Denn dieser Glaube hat für den, der ihn hegt, eine zentrale Bedeutung, auch wenn er uns falsch oder seltsam erscheint. Für ihn ist er lebenswichtig! Wenn Menschen einen Baum für heilig erachten, fällst du ihn nicht, nur weil du nicht daran glaubst. Selbst wenn dich der Baum stört, weil du dort vielleicht eine Straße oder Hochspannungsleitung planst.
Gleiches gilt für einen Tempel oder ein Grab. Beispielsweise hat ein Hindutempel nichts Sakrales für mich. Doch wenn die Hindus mir verbieten, ihn zu betreten, weil der Geist dieses heiligen Ortes Hindus vorbehalten ist, muss ich dieses Verbot um ihretwillen respektieren. Auch wenn wir einen Glauben, den andere Menschen hegen, nicht teilen, müssen wir uns bemühen, ihn zu respektieren, solange er nicht gefährlich oder schädlich ist.

Und was ist, wenn die anderen sich weigern zu respektieren, woran wir glauben, wenn sie denken, ihre Vorstellungen seien die einzig wahren und müssten allen aufgezwungen werden?

Da stellst du eine sehr wichtige und schwierige Frage. Wir bemühen uns alle um Toleranz. Doch auf dem Gebiet der Religion ist sie augenscheinlich nicht zu Hause, eben weil jede Religion überzeugt ist, im Besitz der Wahrheit zu sein und Recht zu haben! Hier kann ein neues Gegensatzpaar unsere Überlegungen voranbringen: »**Fanatismus** und **Toleranz**«.

Fanatismus ist die Haltung eines Menschen, der von seiner Wahrheit dermaßen überzeugt ist, dass er nur noch ein Ziel kennt: dem anderen seine Überzeugung aufzuzwingen. Für den Fanatiker ist das, was er glaubt, absolut wahr. Deshalb versucht er, seinen Ideen unter allen Umständen zum Sieg zu verhelfen, notfalls auch mit Gewalt.

Für den Fanatiker bietet die Welt nicht genügend Raum für einen anderen Glauben neben dem seinen. Ja, ihm ist noch nicht einmal bewusst, dass dieser Glaube der »seine« ist. Er hält ihn schlicht und einfach für *die* Wahrheit. Der Fanatiker sagt nicht: »Das ist *mein* Glaube«, sondern vielmehr: »Ich bin ganz und gar im Besitz der Wahrheit, ich kenne die absolute Wahrheit.« Wer nicht glaubt wie er, lebt seiner Meinung nach im Irrtum. Er will den anderen seine Ideen aufzwingen, weil die Überlegenheit seiner Überzeugungen für ihn eine Gewissheit ist.

Das kann sehr gefährlich sein!

Aber ja! Seit den Anfängen menschlicher Geschichte gehört das zu den Dingen, die der Freiheit am gefährlichsten sind. Fanatische Einstellungen finden wir in der gesamten Geschichte. Und das in vielen verschiedenen Bereichen wie der Politik oder der Moral. Doch die heftigsten und mörderischsten Erscheinungsformen des Fanatismus haben sich auf religiösem Gebiet entwickelt. Es gibt Menschen, die können töten, foltern, ungeheure Verbrechen begehen und dabei zutiefst davon überzeugt sein, im Namen der göttlichen Weltordnung zu handeln. Sie glauben, dadurch das ewige Leben zu gewinnen und ein Anrecht auf das Paradies zu erwerben. Das raubt ihnen die Achtung vor allem und jedem ...

Gibt es in allen Religionen Fanatiker?

Ja! Es gibt praktisch keine Ausnahmen. Allerdings ist sogleich hinzuzufügen, dass es in allen Religionen auch weise Menschen gibt, die den Fanatismus ablehnen. Ihnen ist daran gelegen, die anderen zu achten, ihnen mit **Toleranz** zu begegnen. Folglich wäre es ein Irrtum zu meinen, es gebe auf der einen Seite die Religionen und den Fanatismus, den sie hervorrufen können, und auf der anderen Seite, außerhalb des religiösen Bereichs, den Geist der Toleranz. Durchaus nicht: Wir begegnen fast überall Fanatikern und fast überall toleranten Geistern.
Ich habe deine Frage aber nicht vergessen: »Was tun, wenn uns die anderen ihre Ideen aufzwingen wollen und sich weigern, die unseren zu respektie-

ren?« Ich glaube, da gibt es nur eines: einen Raum der Toleranz zu schaffen, das heißt ein Recht auf freie Meinungsäußerung und ein Recht auf Religionsfreiheit, das wirklich jedem garantiert ist.

Was ist Religionsfreiheit?

Das Recht, seine Religion auszuüben, ohne verfolgt oder bedroht zu werden. Auch das Recht, keine Religion zu haben. Kurzum, die Freiheit eines jeden, den Weg zu wählen, der ihm zusagt, ohne dass ihm etwas aufgezwungen wird. Die einzige Bedingung ist, niemand anderem zu schaden. Die Religionsfreiheit ist ein Menschenrecht.
In der Allgemeinen Erklärung der Menschenrechte von 1948 heißt es in Artikel 18: »Jeder Mensch hat Anspruch auf Gedanken-, Gewissens- und Religionsfreiheit; dieses Recht umfasst die Freiheit, seine Religion oder seine Überzeugung zu wechseln, sowie die Freiheit, seine Religion oder seine Überzeugung allein oder in Gemeinschaft mit anderen, in der Öffentlichkeit oder privat, durch Lehre, Ausübung, Gottesdienst und Vollziehung von Riten zu bekunden.«
Das ist echte Toleranz. Tatsächlich sprechen die Menschen häufig von »tolerieren«, obwohl sie in Wirklichkeit nur »gewähren lassen« meinen. Man lässt es stillschweigend zu, akzeptiert es mehr oder weniger, ohne es aber wirklich zu bewilligen. Die-

ses Verständnis von Toleranz ist schwach und sogar ein bisschen gefährlich. Wenn ich sagen würde, ich toleriere, dass du deine Freunde nach Hause einlädst, wäre das weder ihnen noch dir gegenüber sehr freundlich. Das wäre keine wirkliche Einladung. Echte Toleranz ist viel stärker. Du bist nicht der gleichen Meinung wie der andere, seine Welt erscheint dir fremd, oder du bist gar der Meinung, er irre sich vollkommen in dem, was er glaubt. Doch du bist fest entschlossen, sein Recht zu respektieren, sich zu äußern, zu denken und zu glauben, was ihm wahr zu sein scheint. Und das ist nicht nur eine individuelle Haltung. Heute garantieren die Gesetze unseres Staates diese Freiheit.

Anders als zur Zeit der Könige! In Frankreich musste man Katholik sein!

Genau: Es gab eine offizielle Religion, eine Religion des Reiches. Die Trennung von Kirche und Staat hat in Frankreich erst 1905 stattgefunden. Vorher war es verboten, keine Religion zu haben. Und es war sehr schwer, eine andere als die katholische Religion auszuüben. Vor hundert Jahren gab es fast in jedem Land der Welt eine verbindliche Religion. Die war zwar in den verschiedenen Regionen der Erde verschieden, aber es gab fast immer nur eine. Seither hat sich beinahe überall auf der Welt die Stellung der Religionen in der Gesellschaft gewan-

delt. Da haben wir noch ein Gegensatzpaar! »**Religiöse Gesellschaft** und **laizistische** oder **bekenntnisneutrale Gesellschaft**«. Einst dominierten **religiöse Gesellschaften**. In Gesellschaften dieser Art ist die Staatsmacht (König, Kaiser oder Regierung) mit einer Religion verbunden. Es gibt keinen Unterschied zwischen dem, was die Religion verlangt, und dem, was die politische Führung entscheidet. Zwischen Religion und Gesellschaft herrscht eine vollkommene Übereinstimmung, als würde die eine sich auf die andere stützen. Was aus Sicht der Religion sakral ist, ist es auch für den Staat.
In einer **laizistischen Gesellschaft** dagegen bleibt alles, was kollektiv und öffentlich ist, von der Religion unberührt. Es gibt keine offizielle Religion. In religiöser Hinsicht ist der Staat neutral. Die Religion ist Privatsache.

Kannst du mir ein Beispiel geben?

In einer religiösen Gesellschaft wird den Kindern in der Schule die offizielle Religion des Landes vermittelt. Dagegen darf die Schule in einer laizistischen Gesellschaft die Schüler nicht beeinflussen. Sie lernen Lesen, Schreiben und Rechnen. Wenn sie älter sind, lernen sie Geschichte, Geografie, Sprachen, Mathematik und so fort. Die religiöse Erziehung findet hingegen nur zu Hause, in der Familie statt – oder auch nicht.

In einer laizistischen Gesellschaft kann es mehrere Religionen nebeneinander geben. Keine herrscht vor.

Genau. Der Staat ist unabhängig von den Religionen. Er muss darüber wachen, dass die Grundsätze der Toleranz eingehalten werden.

Aber in einer Gesellschaft, in der der Staat im Namen einer Religion regiert, ist die Gefahr des Fanatismus größer.

Vollkommen richtig.

Ich verstehe noch immer nicht, warum es Religionen gibt. Woher kommen sie? Wie erklären sie sich? Warum müssen sich die Menschen solche Dinge zurechtlegen?

Das ist eine Fangfrage!

Warum?

Weil die Antwort ganz unterschiedlich ausfällt, je nachdem, ob du sie innerhalb oder außerhalb der Religion beantwortest.
Wenn ich beispielsweise frage, warum es das Christentum gibt, würden die Christen antworten, weil Gott den Menschen seinen Sohn geschickt hat, weil Jesus gestorben ist, um die Menschen zu erlö-

sen, und weil die christliche Religion sich entwickelt hat, um diese »frohe Botschaft« zu verkünden. Genau das bedeutet das Wort »Evangelium« nämlich auf Griechisch, ein Wort, mit dem in der Bibel ein Bericht über das Leben Christi bezeichnet wird. Im Inneren einer Religion finden wir also Antworten, die erklären, warum es sie gibt und was für Inhalte sie hat. Diese Antworten zu akzeptieren heißt, an die betreffende Religion zu glauben.

Betrachtet man die Religionen hingegen von außen, so versucht man, sie zu erklären, ohne an das zu glauben, was sie sagen. Dann behandelt man die Religionen als menschliche Erfindungen. Man sagt zum Beispiel, die frühgeschichtlichen Menschen hätten wahnsinnige Angst vor den Naturgewalten, wie Gewittern, Stürmen und winterlichen Frostnächten, gehabt. Daher glaubten sie, diese schrecklichen Kräfte würden von Göttern entfesselt. Ihre Vorstellungen wurden von einem Gott des Blitzes, einem Gott des Windes, einem Gott der schwarzen Nacht bevölkert. Und um den Zorn dieser Götter zu vermeiden, musste man ihnen Geschenke machen und ihnen gehorchen.

Wenn man Erklärungen dieser Art gibt, betrachtet man die religiösen Überzeugungen letztlich als Illusionen und Trugbilder, als Produkte der menschlichen Einbildungskraft.

Tut mir Leid, aber ich verstehe noch immer nicht, was du mit Fangfrage meinst!

Nun, je nachdem, für welche Erklärung du dich entscheidest, befindest du dich sofort im »Pro«- oder »Kontra«-Lager.

Wenn du nämlich eine christliche Erklärung des Christentums lieferst (oder eine islamische Erklärung des Islams oder eine hinduistische Erklärung des Hinduismus und so weiter), begibst du dich ins Innere dieser Religion. Du wirst »pro«. In gewisser Weise wirbst du für sie. Betrachtest du sie hingegen von außen, suchst du etwa nach dem Ursprung einer Religion in der Vorstellung der Menschen, schlägst du dich sogleich dem »Kontra«-Lager zu. Du hältst die Religion für einen Traum. Du greifst sie an …

Und das wurmt sie!

So könnte man es sagen. Jedenfalls ist das der Grund, warum ich von »Fangfrage« gesprochen habe. Wenn wir versuchen, die Religionen zu erklären, indem wir uns um das Verständnis ihrer Inhalte und der Gründe ihrer Existenz bemühen, laufen wir Gefahr, uns im »Pro und Kontra« zu verstricken. Es ist eine Fangfrage, weil wir sie durch Nachdenken und Verstehen beantworten möchten. Wir wollen den Religionen weder dienen noch sie angreifen!

Gibt es eine Möglichkeit, diese Schwierigkeit zu umgehen?

Es gibt einen Weg, aber er ist sehr schmal! Man kann sich daran orientieren, dass die Religionen mit den großen Menschheitsfragen verknüpft sind.

Und das sind?

Die wichtigsten: Warum gibt es die Welt? Warum gibt es Menschen? Wie kommt es, dass es Männer und Frauen gibt? Wie sollen sie ihr Dasein gestalten? Nach welchen Regeln, mit welchem Ziel? Was geschieht nach dem Tod? Woher kommt das Böse? Warum gibt es Bösartigkeit und Ungerechtigkeit? Die Religionen haben Antworten auf diese Fragen. Jedenfalls behaupten sie häufig, sie zu haben. Es sind nicht die einzig möglichen Antworten. Andere werden gelegentlich von der Wissenschaft oder der Philosophie geliefert. Aber den Religionen, Wissenschaften und Philosophien ist eines gemeinsam: Sie stellen Fragen zum Leben. Man könnte sagen, dass der Menschheit eine gewisse Unruhe eigentümlich ist. Der Mensch denkt nach über sein Vorhandensein in der Welt, über die Existenz, über die beste Art, dieses Dasein zu führen. Er macht sich Gedanken über das, was über ihn hinausreicht: das Universum, das Unendliche, die Ewigkeit. Fliegen, Regenwürmer und Tauben zerbrechen sich nicht den Kopf über solche Fragen. Ebenso wenig irgendein anderes Tier.

Woher weißt du das?

Zugegeben, ich weiß gar nichts darüber. Niemand weiß etwas darüber. Vielleicht gibt es eine geheime Fliegenreligion oder Dichtkunst und Abenteuerromane bei den Ameisen. Auf jeden Fall sind sie sehr versteckt. Niemand hat je eine Spur davon entdeckt. Dagegen brauchen wir uns nur umzusehen, um die Spuren menschlicher Religionen zu entdecken: Wir finden sie reichlich in der Geschichte. Im Laufe der Jahrhunderte haben die Religionen nicht aufgehört, die Herzen der Menschen zu bewegen, mit Leidenschaft zu erfüllen, in Brand zu setzen. Die schlimmsten Ängste und die größten Hoffnungen der Menschheit haben sich in den Religionen ausgedrückt.
Wenn wir uns das vor Augen halten, können wir der Falle des »Pro und Kontra« entgehen.

Wie?

Nun, wir werden nicht danach fragen, wer Recht und wer Unrecht hat oder welche Religion die beste ist. Wir werden uns auch nicht mit der Frage befassen, ob eine Religion zu haben besser oder schlechter ist, als keine zu haben. Wir werden versuchen, Religionen als Zeugnisse einer beunruhigten Suche der Menschheit zu betrachten. Mag es auch tausend Religionen geben, so gibt es doch nur eine Suche!

2
Wer glaubt was?

Die monotheistischen Religionen:
Judentum, Christentum, Islam

Der Glaube an einen einzigen Gott markiert einen bedeutenden Einschnitt in der Religionsgeschichte. Die Religionen der Antike, die der Griechen und Römer, aber auch die der Inder und Chinesen gingen von der Existenz mehrerer Götter aus. Man glaubte, es gebe einen Gott des Himmels, einen Gott des Meeres, einen Gott der Pflanzen, der Fruchtbarkeit, der Jagd und des Feuers. Jedem Gott wurden bestimmte Feste und Riten gewidmet. Sie alle verlangten Opfer, die speziell ihnen galten. Jeder Gott verfügte über besondere Eigenschaften und Kräfte.

Religionen mit mehreren Göttern bezeichnet man als **Polytheismus** (von griechisch *poly,* »viel, mehr«, und *theós,* »Gott«). Religionen, die von der Existenz eines einzigen Gottes künden, gehören dem **Monotheismus** an (von griechisch *mónos,* »allein, einzig«, und *theós,* »Gott«).

Wie ist es zu dem Glauben an einen einzigen Gott gekommen?

Die Gläubigen würden dir antworten, dass Gott selbst sich den Menschen zu erkennen gegeben hat. Und die Ungläubigen würden dir sagen, das Denken der Menschen habe sich von allein dazu entwickelt. Tappen wir nicht in die Falle, die wir uns bereits bewusst gemacht haben: nämlich, dass wir »glauben« oder »nicht glauben«, unsere Perspektive »drinnen« oder »draußen« wählen, also »pro« oder »kontra« sind. Viel interessanter ist die Frage, was hinter der Idee steht: »Es gibt nur einen Gott.« Wir müssen begreifen, wie originell dieser Gedanke ist und wie schwer nachvollziehbar.
Wenn eine Religion eine bestimmte Anzahl von Göttern verehrt, hat jeder Gott gewissermaßen seinen Charakter und seine Spezialität. In der Antike wandelten sich die Götter oftmals mit dem Land, der Region oder der Stadt. Es gab sogar eine Art kleiner und besonderer Götter für eine einzelne Familie, wenn deren Ahnen in Schutzmächte verwandelt wurden.

Also hat man erst später begonnen, an die Existenz eines einzigen Gottes zu glauben?

Nein. Merkwürdigerweise war das nicht wirklich später. Die Idee, dass es nur einen einzigen Gott

gibt, ist in der jüdischen Religion entstanden, die man auch als **Judaismus** oder **Judentum** bezeichnet. Über eine lange Periode in griechischer und römischer Zeit haben nur die Juden an diese Idee geglaubt, die sich von denen anderer Völker grundlegend unterschied. Später hat sich die Idee über die ganze Welt verbreitet. Wenn heute ohne weitere Erläuterung von »Gott« die Rede ist, fragst du nicht: »Der Gott wovon?« »Der Gott welcher Region?« Du weißt sofort, dass es sich definitionsgemäß um *den* Gott handelt, der der einzige ist.
Dieser »einzige Gott« ist ganz außergewöhnlich. Dessen wird man sich bewusst, sobald man über ihn nachzudenken beginnt. Tatsächlich ist er von ganz anderer Art als die vielfältigen Götter der polytheistischen Religionen, als diejenigen der Griechen oder der Inder. Stell dir zum Beispiel vor, man behielte von den griechischen Göttern nur einen einzigen. Man nimmt Apoll und verzichtet auf die anderen: Zeus, Hermes, Athene und so weiter. Apoll wäre damit *ein* einziger Gott geworden! Aber er wäre keineswegs *Gott*, *der* einzige Gott des Monotheismus.

Warum nicht?

Weil Apoll wie alle griechischen Götter nur ein Element des Ganzen ist: »der« Götter. Isoliert man diesen Gott, so hat man nur so etwas wie eine Figur aus einem Theaterstück. Doch ganz allein, ohne die anderen Figuren, kann sie ihre Rolle nicht mehr spielen. Aber der wesentliche Unterschied liegt woanders. Apoll – oder irgendein anderer polytheistischer Gott – ist leicht zu erkennen. Seine Vergangenheit, seine Abenteuer, sein Verhalten, sein Charakter: Alles hat große Ähnlichkeit mit dem Menschen. Diese Götter sind »Übermenschen«. Sie besitzen besondere Fähigkeiten, übernatürliche Kräfte. Doch alles in allem sind sie genau wie die Menschen. *Gott* dagegen, der einzige Gott des Monotheismus, unterscheidet sich zutiefst vom Menschen. Denn er ist unendlich!

Wie das, »unendlich«?

»Unendlich« heißt, dass es ihn schon immer gegeben hat und dass es ihn immer geben wird, jedenfalls aus der Sicht derer, die an Gott glauben. Sobald du anfängst, über die Idee eines unendlichen Gottes nachzudenken, eines reinen Geistes, eines allmächtigen Wesens, erkennst du, dass es eine Idee ist, die einerseits außerordentlich stark und andererseits fast unbegreiflich ist.

Wie kann jemand unendlich sein?

Genau darum geht es: Gott ist nicht »jemand«!

Also gut, wie kann eine Sache unendlich sein?

Er ist auch keine Sache. Die Menschen sind natürlich …

… *endlich!*

Ja. Die Menschen haben Grenzen. Sie alle sterben eines Tages. Das bedeutet »endlich«. Ihre Größe ist begrenzt, selbst wenn sie sehr groß sind. Ihr Gewicht ist begrenzt, selbst wenn sie sehr dick sind. Ihr Alter ist es, selbst wenn sie sehr alt sind. Ihre Stärke, selbst wenn sie sehr mutig sind und so weiter. Die Idee eines unendlichen Gottes ist hingegen die Idee eines Wesens, das keine dieser Grenzen kennt.

Das ist wirklich sehr schwer vorstellbar. Ich finde, wir sollten das Wort »unendlich« ausklammern.

Nein, wenn wir auf das Wort »unendlich« verzichten, verzichten wir auf Gott. Unendlich bedeutet zum Beispiel, dass Gott alles weiß, alles kann, alles versteht.

Er ist das höchste Wesen.

Das ist in der Tat ein Ausdruck, den man gebraucht hat, um ihn zu beschreiben. Aber er ist fast zu scharf umrissen. Gott ist eine Kraft, die größer ist als alles, was wir uns mit unserem menschlichen Verstand ausmalen können. Wenn du das nicht verstehst, so ist das vollkommen normal. Immer wieder betonen die großen religiösen Denker, dass Gott nicht zu begreifen ist. Kein Mensch kann sagen: »Ich habe Gott verstanden.« Eben weil Gott unendlich ist.

Das ist wirklich sehr schwer zu verstehen.

Noch einmal: Das ist normal. Das Unendliche ist so ungeheuer, dass man es sich nicht vorstellen kann. Man kann fast nichts darüber sagen, keinen Gedanken fassen. Alles, was du dazu sagst oder denkst, ist nur ein Abklatsch menschlichen Tuns. Zwangsläufig redest du davon, dass Gott »will«, »schafft«, »weiß« oder »denkt«. Wir haben eine ungefähre Vorstellung davon, was es für einen Menschen heißt, zu »wollen«, »schaffen«, »wissen« und so weiter. Aber für Gott? Darüber wissen wir nichts. Darüber weiß niemand etwas. Wenn wir von Gott sprechen, verwenden wir also ständig Ausdrücke, die ihm nicht gerecht werden.
Wenn es dir einfacher erscheint, kannst du »unendlich« auch durch »ewig« ersetzen. Für die Juden ist Gott der »Ewige«. Er wurde nie geboren und wird nie sterben. Es hat ihn schon immer gegeben und wird ihn auch immer geben. Der Beitrag

des Judentums, der jüdischen Religion, zur Menschheitsgeschichte ist in erster Linie dieser Gottesbegriff. Er ist nicht einfach eine abstrakte Idee. Man sollte annehmen, dass sich dieses ewige Wesen nicht für die Menschen interessierte, diese mikroskopisch kleinen Geschöpfe, denen eine so winzige Lebensspanne beschieden ist. Doch ganz im Gegenteil, er beschäftigt sich mit der Menschheit, und er geht einen Bund mit dem jüdischen Volk ein, so jedenfalls berichtet es die Bibel.

Was ist die Bibel eigentlich? Ich habe oft von ihr gehört, aber ich möchte doch, dass du mir genau erklärst, was es mit ihr auf sich hat.

Das Wort kommt aus dem Altgriechischen. *Biblos* heißt »Buch«. Die Bibel ist also »DAS« Buch. Nicht nur ein Buch, nicht nur ein heiliges Buch, sondern »DAS« Buch, weil es für die, die daran glauben, das Wort Gottes enthält.

Wie kann Gott sprechen?

Entweder direkt: Er übermittelt Moses die Zehn Gebote, das heißt die zehn Regeln, nach denen die Menschen leben sollen; ich komme gleich darauf zurück. Oder indirekt: Gott inspiriert die Propheten, er spricht zu ihren Herzen, und anschließend äußern sie sich in seinem Namen und verkünden seine Botschaft. Für das Judentum ist entscheidend, dass es einen Bund zwischen dem »Ewigen« und dem jüdischen Volk gibt. Hier geht es nicht nur um den Begriff eines einzigen Gottes, sondern auch um die Idee einer Übereinkunft, eines Abkommens zwischen dem einzigen Gott und einem Volk. Die Menschen unterwerfen sich nicht blind einer göttlichen Macht, sondern es findet ein Austausch von Versprechen statt, durch die beide Seiten Verpflichtungen eingehen: Es handelt sich um einen Vertrag. Die Bibel stellt vor allem die Geschichte dieses Vertrags dar. Sie erklärt, wie er zustande gekommen ist und wie er sich entwickelt hat.

Es gibt mehrere Abschnitte dieses Bundes. Der erste ist der Bund mit Abraham. Abraham ist der Religionsstifter des Judentums, der Erste, der beschließt, dem einzigen Gott uneingeschränkten Gehorsam zu leisten und seine Nachkommen auf diesen Gehorsam zu verpflichten. Und Gott stellt ihn auf die Probe, indem er von ihm verlangt, seinen Sohn Isaak zu töten. Trotz seines Leids beschließt Abraham zu gehorchen, weil es ein Befehl ist, der von Gott kommt. Doch in dem Augenblick, da er das Messer ergreift, um seinem Sohn die Kehle durchzuschneiden, packt ihn ein Engel am Arm – wie es in der Bibel heißt –, und ein Widder erscheint anstelle Isaaks. Abraham kann seinen unversehrten Sohn in die Arme schließen.

Wer hat die Bibel geschrieben?

Es heißt, Moses habe den ältesten Teil geschrieben, die fünf Bücher, die umfassen, was die Juden auf Hebräisch *Thora* nennen (»Weisung«, »Gesetz«). Laut der Bibel hat Moses aufgeschrieben, was Gott ihm auf dem Berg Sinai mitgeteilt hat. Heute wissen wir jedoch, dass die einzelnen Texte der Bibel von verschiedenen Menschen zu unterschiedlichen Zeiten geschrieben wurden. Spezialisten debattieren über die Entstehungsdaten und die möglichen Autoren der verschiedenen Texte, aus denen die Bibel besteht. Auf jeden Fall sind die letzten Bücher von anderen Menschen geschrieben worden als der Bericht über die Erschaffung der Welt am Anfang.

Wie sieht diese Schöpfung aus?

In der Bibel nennt sich die Schöpfung Genesis – wieder ein griechisches Wort, das eben dies bedeutet – »Schöpfung«. Gott erschafft die Welt nicht »aus etwas« – nicht nach einem Modell oder aus bereits vorhandenen Materialien. Er erschafft die Welt aus seinem Wort, wie es in der Genesis heißt. Auch das ist sehr schwer vorstellbar: Gott braucht etwas nur zu sagen, und schon existiert es.

Wenn wir an etwas denken, existiert es deshalb noch lange nicht.

Wenn ich in völliger Finsternis an Licht denke, wird es keineswegs hell! Doch laut der Bibel hat Gott, um das Licht zu erschaffen, lediglich gesagt: »Es werde Licht!« Sein Wort genügte, um den Dingen Existenz zu verleihen. Nach dieser Sichtweise wohnt den Gedanken und Worten Gottes eine unendliche Macht inne. Diese Macht ist so groß, dass in der jüdischen Religion der Name Gottes nicht ausgesprochen werden darf.

Welcher Satz in der Bibel ist für dich am wichtigsten?

Die Frage ist kaum zu beantworten. Es gibt so viele wichtige Sätze! Wenn ich mich trotzdem für einen entscheiden soll, so ist es ein Satz, der zugleich sehr berühmt und sehr rätselhaft ist. Als Gott Moses in Gestalt eines brennenden Dornenbusches erscheint, fragt Moses ihn, wie er heißt.

Aber du hast doch gesagt, man durfte den Namen Gottes nicht aussprechen.

Nun, Gott hat auch nicht mit einem Namen geantwortet! Er sagte: »Ich bin, der ich bin.« Diese Worte sind sehr schwer zu verstehen. Aber man begreift sofort etwas Wesentliches: Gott ist das Sein. Nicht nur »das höchste Wesen oder Sein« und nicht nur ein »Wesen« – sei es auch größer als alle existierenden Wesen, sondern ganz einfach das Sein.

Und wer ist Moses? Ein Prophet?

Moses ist ein jüdisches Kind, der Sohn eines Sklaven, der ihn nicht ernähren konnte. Denn Abrahams Nachkommen waren Sklaven in Ägypten geworden. In einem schwimmenden Weidenkorb auf dem Nil ausgesetzt, gelangt Moses an den Hof des Pharaos, wo er aufgezogen wird. Es gelingt ihm, die Juden aus Ägypten hinauszuführen. Er befreit sie und bringt sie in das Gelobte Land, das Gott seinem Volk versprochen hat. Auf diesen Auszug folgt eine Wanderung durch die Wüste, die vierzig Jahre dauert. Gott schließt mit dem jüdischen Volk einen neuen Bund. Das jüdische Volk wird ein »Priestervolk«, das heißt, es muss die Gebote Gottes bewahren und weitergeben, damit sie rein bleiben.

Was sind das für Gebote?

Es sind zehn Gebote. Zum Beispiel: »Du sollst nicht töten.« Dieses Gebot richtet sich natürlich gegen die Menschenopfer, die in den antiken Religionen sehr verbreitet waren, es lässt sich aber auch gegen jede Form von Krieg anführen. Entscheidend ist, dass es in der jüdischen Religion eine wesentliche moralische Dimension gibt. Es geht darum, das moralische Gesetz zu bewahren – es zu bewahren und weiterzugeben. Und natürlich, es anzuwenden. Dieses moralische Gesetz, das laut der Bibel von Gott

verkündet wurde, richtet sich nicht nur an die Juden, sondern an alle Menschen. Nach ihrer Religion sind die Juden in gewisser Weise aber die Hüter dieses göttlichen Gesetzes. Sie glauben, ihr ganzes Volk habe sich verpflichtet, es zu befolgen, und sei verantwortlich für seine Weitergabe.
Deshalb ist die Bibel so wichtig für die Juden. Sie enthält das Wort Gottes, das Gesetz, das er den Menschen gegeben hat. Sie haben die Pflicht, *das* Buch weiterzugeben, das zu achten, was sie auch die »Schriften« nennen. Das Judentum ist die erste »Buchreligion«. Im Laufe der Geschichte hat dieses Buch es dem jüdischen Volk ermöglicht, trotz der Zerstreuung in alle Welt seine Identität zu bewahren.

Warum hat es sich zerstreut?

Hauptgrund war die Zerstörung des Tempels von Jerusalem, des Zentrums aller ihrer religiösen Feste, durch die Römer im Jahr 70 nach Christus. Da begannen sich die Juden in alle Welt zu zerstreuen. Und bis auf den heutigen Tag haben die Juden in den Ländern, in denen sie leben, egal, ob im Norden oder im Süden, die Religion, die sie praktizieren, weitergegeben. Von einer Generation zur nächsten haben sie die Kenntnis des Hebräischen, der Sprache der Bibel, und der heiligen Texte bewahrt. Zugleich haben sie die Erinnerung an die

Kommentare gepflegt, denn die biblischen Texte sind von zahllosen Auslegungen begleitet.
Du siehst also, die Religion des einzigen Gottes, des Monotheismus, war eine Art Revolution in der Geschichte der Religionen. Das ist nicht nur der Glaube an »einen Gott« anstelle »mehrerer Götter«, sondern auch der Glaube an die Existenz des Unendlichen, der Ewigkeit, der Allmacht. Außerdem ist es die Überzeugung, Gott habe den Menschen sein Wort offenbart und sich auf eine gemeinsame Geschichte mit ihnen eingelassen. Denn der gemeinsame Aspekt der verschiedenen Religionen, die an einen einzigen Gott glauben – Judentum, Christentum und Islam – ist auch der Glaube, Gott habe sich den Menschen offenbart, ihnen sein Wort und sein Gesetz übermittelt und befasse sich mit ihrem Geschick.

Sind die Religionen mit mehreren Göttern alle verschwunden?

Nein. Es gibt auch heute noch polytheistische Religionen. Beispielsweise zahlreiche animistische Religionen, vor allem in Afrika, aber auch in bestimmten Regionen Lateinamerikas und Asiens. In diesen Religionen glaubt man an Geister (das lateinische Wort *anima* bedeutet »Geist« oder »Seele«, etwas Beseeltes). So verehrt man zum Beispiel den Geist des Waldes oder eines bestimmten Baumes, der zugleich der Geist eines Vorfahren sein kann. Diese Geister sind sehr zahlreich. Heute kann jemand neben seinen animistischen Vorstellungen gleichzeitig an den einzigen Gott glauben. Für ihn gibt es neben *Gott* eine Anzahl von Geistern, magischen Mächten, Kräften aller Art – »kleine«, vielfältige Gottheiten. Der Monotheismus stellt einen entscheidenden Einschnitt in der Religionsgeschichte dar, bedeutet aber nicht das Ende des Polytheismus. Im Übrigen könnte man sogar sagen, dass gewisse Formen des Polytheismus immer wiederkehren. Selbst wenn wir an einen einzigen Gott glauben, können wir eine Vorliebe für bestimmte Heilige hegen, für sakrale Objekte und so weiter. Diese Vorliebe führt leicht dazu, dass wir uns eine kleine Sondergottheit schaffen, die man auch Abgott nennt. Abgötter oder Götzen werden von den verschiedenen monotheistischen Religionen ständig bekämpft.

Ich finde es erstaunlich, dass es mehrere monotheistische Religionen gibt. Wie ist das möglich, wenn sie alle an einen einzigen Gott glauben?

Das ist ein echtes Problem. Zu Beginn des Monotheismus gab es nur die jüdische Religion. Sie hat als Erste die Existenz nur eines einzigen Gottes verkündet. So gesehen, sind Christentum und Islam »Tochterreligionen« der jüdischen Religion. Im Übrigen halten auch die Christen die Bibel für das

Wort Gottes, während sich die Muslime wie die Juden als Nachfahren Abrahams verstehen.

Was trennt sie dann?

Gehen wir chronologisch vor. Jesus Christus war ein Jude. Etwa zur Zeit von Julius Caesar und den Anfängen des Römischen Reiches lebte er in Palästina und verkündete: »Ich bin Gottes Sohn.« Das ist ein eigenartiger Satz. Warum sollte Gott, der die Menschen und das ganze Universum erschaffen hat, einen Sohn haben, der Mensch wurde? Das ist das Neue am Christentum: Der unendliche, ewige Gott verkörpert sich in einem Menschen – und ist damit zugleich vollkommen menschlich und vollkommen göttlich. Nach eigenem Bekunden kommt Christus nicht auf die Welt, um die jüdische Religion, das Gesetz, die Zehn Gebote und die religiösen Vorschriften zu unterdrücken.

Das ist merkwürdig. Wenn Christus Jude ist, wie kann er dann zur gleichen Zeit …

… christlich sein? Die Anfänge des **Christentums** unterscheiden sich nicht sogleich vom Judentum. Die ersten Christen sind großenteils Juden. Sie haben die gleichen Glaubensüberzeugungen, die gleichen Texte. Die Trennung vollzieht sich erst ganz allmählich.

Wie?

Die wichtigste Idee, die Jesus einführt, ist die einer Religion der Liebe. Was Gott definiert, ist nicht nur, dass er einzig, ewig und unendlich ist. Für die Christen ist das Gesetz, das Gott den Menschen verkündet, nicht eine bestimmte Vorschrift, die regelt, welche Handlungen verboten und welche erlaubt sind. Das einzige Gesetz ist die Liebe, die Liebe ohne Bedingungen und Grenzen. So erklären sich die besonderen Aspekte des Christentums: Erbarmen, Mildtätigkeit, das Bemühen um die Armen, Schwachen, Hilfsbedürftigen. Auch die Bereitschaft, den Schuldigen zu vergeben, statt zu strafen und Rache zu üben: Sogar die schlechtesten und grausamsten Menschen können bereuen, was sie getan haben.

»Ein neues Gebot gebe ich euch, dass ihr euch untereinander liebt« – das ist die entscheidende Botschaft Jesu. Diese Liebe stellt hohe Anforderungen, weil sie nichts mit Verdienst, Vorzügen oder körperlicher Schönheit zu tun hat. Es geht einfach darum, alle zu lieben, vor allem die Armen, die Kranken, die Schwachen, aber auch die Diebe, die Ungerechten, das Gesindel. Sie zu lieben ohne Vorbehalte.

Aber wie ist das möglich?

Das ist natürlich sehr schwierig. Aber diese schwierige Liebe hat die Liebe Gottes zum Vorbild. Die

Menschwerdung Gottes ist für die Christen Zeichen einer unendlichen Liebe. Du kennst ja die Lebensgeschichte Christi in groben Zügen: Wie der Ärmste der Armen in einem Stall geboren, wächst er bei seinem Vater Joseph, einem Zimmermann auf, um Liebe und Vergebung zu predigen. Schließlich wird er von einem seiner Schüler verraten und von den Römern zum Tode verurteilt. Erniedrigt, ungerecht behandelt und gefoltert, stirbt er einen schrecklichen Tod auf dem Golgatha, einem Hügel bei Jerusalem. Mit Nägeln an ein Holzkreuz genagelt, fragt er Gott, seinen Vater, warum er ihn verlassen habe.

Ja, aber dann folgt die Auferstehung.

Das glauben zumindest die Christen. Entscheidend ist, den Sinn dieser Erniedrigung und dieses Todes zu erfassen. Wie kann Gott, der Allmächtige und Erhabene, bereit sein, dies alles zu erleiden – verraten, beleidigt, geschlagen und getötet zu werden? Um ein Vorbild der grenzenlosen Liebe zu liefern: Er gibt sein Leben hin, er opfert sich, um die Menschen zu befreien und zu erretten.

Er hat die Welt damit gerettet?

Er hat die Welt gerettet, heißt, er ist Mensch geworden und ist für die Menschen gestorben, um sie zu erlösen.

Aber wovon?

Vom Tod.

Dadurch dass er gestorben ist, hat er sie vom Tod erlöst?

Ja. Auch das ist schwer zu verstehen. Man könnte sagen, dass Christus gestorben ist, um für die Schuld der Menschen zu bezahlen. Das Christentum lehrt, Gott sei für die Menschen Mensch geworden und gestorben. Das Christentum geht nicht nur – wie das Judentum – davon aus, dass Gott die Welt erschaffen und den Propheten der Bibel ihr Wissen eingegeben habe, sondern dass er auch in der Gestalt Christi Mensch geworden sei, um die Welt zu retten.
So kam es zur Trennung von Judentum und Christentum. Die Juden glauben nicht, dass Christus Gottes Sohn ist. Sie halten Christus für einen großen Weisen, einen Propheten, doch für sie ist er nicht Gott, der Mensch, das heißt, »Fleisch« geworden ist.

Und was hat es mit dem Unterschied zwischen Katholiken und Protestanten auf sich?

Die einen wie die anderen sind Christen. Katholiken wie Protestanten glauben, dass Christus der Mensch gewordene Sohn Gottes ist, der am Kreuz gestorben und auferstanden ist. Die Gläubigen, die eine der beiden Religionen praktizieren, versammeln sich am Sonntag in der Kirche, wo ihnen Brot und Wein zum Abendmahl gereicht wird. Doch hat dieses Geschehen für die Angehörigen der beiden Konfessionen nicht die gleiche Bedeutung, obwohl sie sich auf dieselben Worte Christi berufen, der verlangte, dies zu seinem Gedächtnis zu tun, und versicherte, das Brot sei sein Leib und der Wein sein Blut.

Worin besteht dann der Unterschied?

Der Protestantismus ist erst während der Renaissance entstanden, im 15. und 16. Jahrhundert. Also, gemessen an der langen Geschichte des Christentums, erst in jüngerer Zeit. Christus wurde im Jahr null geboren, zwangsläufig, weil unsere Zeitrechnung mit seinem Geburtsjahr beginnt. Nach dem Tod Christi hat sich die Kirche immer straffer organisiert. Überall entstanden Gemeinschaften von Priestern, Bischöfen und Mönchen. Man musste diese verschiedenen Gruppen zusammenschließen, die Zeremonien vereinheitlichen, die Glaubensinhalte festlegen. Im Römischen Reich wurden die Christen während der ersten Jahrhunderte immer zahlreicher. Ihre Glaubensgemeinschaft wurde verboten, die Christen wurden verfolgt und fanden vielfach den Märtyrertod. Schließlich gewann das Christentum die Oberhand.

312 nach Christus machte es Kaiser Konstantin zur offiziellen Religion des Reiches. Von da an hat sich die katholische Kirche, trotz aller Höhen und Tiefen, im Grunde genommen stetig entfaltet. Als das Römische Reich mit dem Einfall der Barbaren unterging und das Mittelalter Einzug hielt, begann die Kirche immer größere Macht auszuüben. Teilweise hat sie sogar Fürsten und Herrscher ihrem Willen unterworfen.

Wie das?

Es konnte sie exkommunizieren, das heißt, aus der Kirche ausschließen und ihnen somit die Möglichkeit nehmen, an der Messe oder der Kommunion, dem Abendmahl, teilzunehmen. Hatte ein Herrscher oder auch ein Kaiser in den Augen der Kirche falsch gehandelt, hatte diese die Macht, ihn aus der Gesellschaft auszugrenzen. Denn im Mittelalter lebten die Menschen keineswegs in einer laizistischen Gesellschaft. Der König war katholisch, in Frankreich genauso wie in allen anderen Ländern Europas, und niemand hatte das Recht, etwas anderes zu glauben. Ansonsten drohte das Kirchengericht und der Scheiterhaufen.
So hat sich das Christentum nach und nach in die Politik eingemischt. Diese Religion der Liebe, des Vertrauens, der Barmherzigkeit und der Erlösung wurde zu einer zentralen gesellschaftlichen Macht. Die ka-

tholische Kirche hat ungeheure Reichtümer angehäuft – riesige Besitzungen und Vermögen. In der Renaissance sind einige Bischöfe außerordentlich reich geworden. Ausgerechnet die Männer Gottes, die allen Menschen dienen sollten, lebten wie Fürsten in Luxus und Überfluss. Außerdem haben sie einen höchst merkwürdigen Handel organisiert. Statt die Sünden im Namen des Herrn zu vergeben, haben sie die Vergebung verkauft. Die Gläubigen zahlten mit barer Münze, um ins Paradies zu gelangen.

Und niemand hat dagegen protestiert?

Doch. Die Protestanten eben. Dieser Handel hat einige Christen entsetzlich empört. Man nannte sie »Protestanten«, weil sie dagegen protestierten, sich ihren Glauben von der katholischen Kirche vorschreiben zu lassen. Diese Christen waren der Meinung, dass die Kirche nicht mehr vom Geist Christi erfüllt sei. Sie verweigerten dem Papst den Gehorsam. Einer der Gründer des Protestantismus war der deutsche Mönch Martin Luther, der im 16. Jahrhundert lebte. Das war der Beginn der Reformation. Außer ihm gab es noch andere, unter anderem Johannes Calvin. Alle verkündeten sie, um Christ zu sein, brauche man weder Papst noch Bischöfe, noch die ganze Hierarchie der katholischen Kirche, sondern allein das Wort Christi. Die wesentlichen Dinge, die Christus gesagt hat, finde man in den

Evangelien, den Berichten über das Leben Christi von Matthäus, Markus, Lukas und Johannes.

Dann wollten die Protestanten also zurück zu dem, was Christus wirklich gesagt hatte …

Genau. Der Protestantismus wollte zu den Ursprüngen des Christentums zurückkehren. Nach Ansicht der Protestanten waren zu viele Menschen »oberflächliche« oder nur »scheinbare« Christen geworden. Sie hielten sich an die kirchlichen Regeln und sagten die Gebete auf, waren im Herzen aber keine echten Christen. Folglich galt es, diese Situation zu verändern, neu zu gestalten, zu reformieren.
Deshalb nennen sich einige protestantische Kirchen auch »reformierte Kirchen«.
Die wichtigsten Grundsätze des Protestantismus lassen sich wie folgt zusammenfassen:

- Gott liebt die Menschen, auch wenn sie es nicht verdienen. Das Evangelium ist eine frohe Botschaft.
- Wichtig ist, dass der Mensch glaubt und sein Vertrauen in Gott setzt.
- Der Mensch ist mit Gott und seinem Gewissen allein. Er braucht weder den Papst noch die Autorität der Kirche mit einem verbindlichen Katechismus.
- Nur die Gebote Gottes zählen. Die einzige Autorität ist die Bibel.

Und woran glauben die Muslime?

Auch sie glauben an einen einzigen Gott, der ewig und allmächtig ist. Für die Muslime ist es am wichtigsten, sich Gott zu unterwerfen, sich seinem Willen anheim zu geben. *Islam* heißt »Ergebung«, und *Muslim* heißt »der sich Gott unterwirft«. Jedenfalls ist das die gängige Version. Tatsächlich haben beide Wörter dieselbe Sprachwurzel, die auf Arabisch eher »seinen Frieden machen« bedeutet. Wörtlich sind die Muslime diejenigen, die »ihren Frieden« mit Gott »machen«.

Und ihr Buch ist auch die Bibel?

Nein, der Koran. In den Abschnitten – den Suren – des Korans findet man zahlreiche Anspielungen auf Episoden der Bibel, aber es ist ein ganz anderes Buch. Der Koran ist das Buch des Propheten Mohammed. Er wurde im Jahr 570 nach christlicher Zeitrechnung geboren und starb 632. Er ist der letzte der großen Propheten, und der Islam ist die jüngste der großen Weltreligionen. Bevor Mohammed Prophet wurde, war er ein einfacher Kaufmann. Er wohnte in Mekka und führte ein ruhiges Leben. Mit etwa 40 Jahren veränderte er sein Leben radikal. Er hörte auf zu essen und wanderte umher. In einer Höhle im Gebirge über Mekka hatte er eine Reihe von Visionen.

Diese Erlebnisse riefen in ihm die Gewissheit hervor, Gott selbst spreche durch ihn, Mohammed, zu den Menschen. Alles, was Gott Mohammed offenbart hat, ist im Koran – der »Lesung« – gesammelt und niedergeschrieben. Für die Muslime spricht Gott in diesem Buch und gibt den Menschen seine Anweisungen. Folglich ist der Prophet Mohammed kein göttliches Wesen, sondern jemand, der Gottes Wort übermittelt: »Ich bin nur ein Mensch wie ihr, dem offenbart wurde«, sagt er.

Was ist ihm offenbart worden?

Zunächst und vor allem eine nachdrückliche und unmissverständliche Bestätigung des Monotheismus. Gott ist einzig. Nichts gleicht ihm. Nichts kann ihm an die Seite gestellt werden. Er ist über alles erhaben und übersteigt jegliche menschliche und natürliche Wirklichkeit. Das »Glaubensbekenntnis« des Islam, das, was man glauben muss, um Muslim zu sein, lautet unmissverständlich: »Ich bezeuge, dass es keine Gottheit außer Allah gibt. Ich bezeuge, dass Mohammed sein Diener und Gesandter ist.«

Und Christus? Wie wird er von den Muslimen gesehen? Ist er für sie nicht der Sohn Gottes?

Nein, das ist er nicht. Er ist ein Bote Gottes, ein Gesandter, ein weiser und geachteter Prophet. Aber er ist nur ein Mensch. Die Vorstellung, Gott könnte einen Sohn haben und zum Menschen werden, ist in den Augen der Muslime fast schockierend, weil sie nach ihrer Ansicht die Größe Gottes schmälert. Vor allem aber widerspricht diese Idee der Einzigartigkeit Gottes, der Auffassung, »dass es keine Gottheit außer Allah gibt«, denn das heißt auch, dass Gott keinen Sohn hat. Noch einmal: Der Islam erinnert nachdrücklich an das Prinzip des Monotheismus. Hier wird nicht zum ersten Mal die Existenz des einzigen Gottes verkündet, aber dieser einzige und absolute Charakter Gottes droht bei den Menschen immer wieder in Vergessenheit zu geraten. Allzu gerne verlieren sie ihn aus dem Blick, daher muss man sie daran erinnern und immer wieder auf ihn hinweisen.

Und das ist alles?

In gewissem Sinne genügt das. Aber eine Religion kann sich nicht allein auf dieses Bekenntnis gründen. Das Glaubensbekenntnis, von dem eben die Rede war, ist die erste der »fünf Säulen« des Islam. Die zweite ist das Gebet. Zu fünf festgelegten Tageszeiten müssen die Muslime ihre Gebete sprechen und sich dabei gen Mekka wenden. Auf diese Weise laufen sie nicht Gefahr, Gott längere Zeit zu vergessen. Ihre Religion teilt den Tag fast vollständig in Abschnitte ein. Es geht aber nicht einfach darum, Wörter herzusagen und mechanische Gesten auszuführen. »So wehe denen, die Gebete sprechen, doch ihres Gebetes uneingedenk sind«, heißt es im Koran.

Also spielt sich das ganze Leben in der Religion ab?

Genau. Für praktizierende Muslime gibt es keine Grenze, die das religiöse Leben klar vom alltäglichen Leben trennt. Die dritte Säule ist das Almosen. Der Muslim muss einen Teil dessen, was er besitzt, den Armen geben. Entscheidend ist jedoch, dass er es ohne Hoffnung auf Belohnung, ohne Verachtung und ohne Stolz tut. Die beiden letzten »Säulen des Islam« sind der Ramadan – der Fastenmonat, während dessen Muslime von Sonnenaufgang bis Sonnenuntergang weder essen noch trinken dürfen – und die Pilgerfahrt nach Mekka, die heilige Stadt, die jeder Muslim im Laufe seines Lebens mindestens einmal aufsuchen muss.

Das sind nur äußerliche Dinge, die zu tun sind.

So sieht es aus. Doch es wäre ein Irrtum zu glauben, der Islam wäre eine Religion, die nur aus einer Reihe »äußerlicher Dinge« besteht. Die innere Haltung ist entscheidend. Das hat das Beispiel der Almosen gezeigt. Das Gleiche ließe sich aber auch anhand des Ramadan und der Pilgerfahrt nach Mekka zeigen. Nicht die Gesten zählen, sondern die geistige Haltung, aus der sie erwachsen – auch das ist eine Art, »seinen Frieden zu machen«. Auf Arabisch heißt diese Haltung *Ihsân* – »schön handeln«: Gutes, in der richtigen Weise getan, findet seine Belohnung in sich selbst.

Wie viele Menschen glauben heute an diese verschiedenen Religionen?

Bei den Zahlen ist Vorsicht geboten. Wen soll man zählen? Die Leute, die eine Religion intensiv ausüben? Die sie so lala praktizieren? Die sagen, sie glauben, aber überhaupt nicht praktizieren? Die in einem Land leben, dessen Kultur von dieser oder jener Religion durchdrungen ist?
Das ist eine schwierige Frage. Außerdem verändert sich die Situation ständig. Ich finde die Frage im Übrigen nicht sehr interessant. Alle diese Zahlen können als Munition für einen unsinnigen Wettstreit dienen. Da wird gefragt, welche Religion die größten Zahlen vorzuweisen hat, welche »gewinnt« und welche »verliert«. Das ist keine sehr nützliche Sichtweise.
Auf jeden Fall stellen die monotheistischen Religionen, die man auch »Buchreligionen« nennt, die große Mehrheit der Gläubigen.

Gibt es noch andere Buchreligionen?

Nein. Das sind nur die drei großen Religionen: Judentum, Christentum, Islam. Natürlich gibt es auch andere Religionen, die Bücher verehren. Die Sikhs in Indien berufen sich zum Beispiel auf ein heiliges Buch. In Japan glaubt die religiöse Schule, die im Mittelalter von dem buddhistischen Mönch Nichiren gegründet wurde, das *Lotus-Sutra* enthalte alles Wesentliche, was der Gläubige wissen müsse, um erlöst zu werden. Es gibt noch viele andere Religionen, in denen ein Buch zentrale Bedeutung hat. Aber in der Regel sprechen die Religionswissenschaftler in diesen Fällen nicht von Buchreligionen. Diese Bezeichnung ist dem Judentum, Christentum und dem Islam vorbehalten.

Liebe Leserin, lieber Leser,

gerne informieren wir Sie regelmäßig über unser Verlagsprogramm und weitere attraktive Angebote. Schicken Sie einfach diese Karte ausgefüllt an uns zurück!

Ihr Hoffmann und Campe Verlag

Bitte beantworten Sie doch die Fragen auf der Rückseite dieser Karte! Sie helfen uns damit, unsere Arbeit noch besser auf unsere Leserinnen und Leser abzustimmen.

....
Vorname / Name

....
Straße, Hausnummer

....
PLZ / Wohnort

....
Geburtsdatum E-mail Adresse

Bitte freimachen!

Antwort

Hoffmann und Campe Verlag GmbH
Lektorat Abt. RBV
Harvestehuder Weg 42

20149 Hamburg

Diese Karte entnahm ich dem Buch

....

Haben Sie dieses Buch

☐ gekauft ☐ geschenkt bekommen?

Wo kaufen Sie üblicherweise
Ihre Bücher?

- ☐ Buchhandlung vor Ort
- ☐ Versand (z. B. Weltbild)
- ☐ Buchclub
- ☐ Online (z. B. Amazon)
- ☐ ....

Welche Zeitungen / Zeitschriften
lesen Sie regelmäßig?

- ☐ SZ
- ☐ FAZ
- ☐ DIE ZEIT
- ☐ NZZ
- ☐ Der Spiegel
- ☐ Focus
- ☐ taz
- ☐ Stern
- ☐ FÜR SIE
- ☐ VITAL
- ☐ örtliche Zeitungen
- ☐ ....

Welche Themen interessieren Sie?

- ☐ Alte Geschichte
- ☐ Mittelalter
- ☐ Neuere Geschichte
- ☐ Zeitgeschichte / Politik
- ☐ Theologie / Philosophie
- ☐ Kunst / Kunstgeschichte
- ☐ Belletristik
- ☐ Literaturgeschichte
- ☐ Religionen
- ☐ Erotik
- ☐ Gesundheit
- ☐ Ratgeber

3
Wer glaubt was?

In Asien: Hinduismus, Buddhismus

Berufen sich die Buchreligionen als Einzige auf Texte, von denen sie glauben, sie stammten von Gott?

Diese Frage lässt sich nicht einfach mit Ja oder Nein beantworten, denn es gibt einen Sonderfall. In Indien wird die Grundlage der Religion, die die Europäer Hinduismus nennen, von einer Reihe heiliger Texte gebildet. Und tatsächlich sind die *Veden* – das Wort heißt im Sanskrit, der heiligen Sprache Indiens, so viel wie »Wissen« – sehr alte Texte. In Indien gelten sie als »offenbarte« Texte. In den Augen der Hindus sind es keine Texte, die menschliche Verfasser ersonnen haben. Die *Veden* sind von den ersten Weisen Indiens »vernommen« worden.

Und wer hat gesprochen? Ich wette, es war Gott!

Nun ja – richtig gewonnen hast du deine Wette nicht. Wahrscheinlich hast du gedacht: »Wenn die

Texte nicht von Menschen stammen, müssen sie göttlichen Ursprungs sein.« Das ist logisch. Und ganz falsch ist es auch nicht: Der Ursprung der *Veden* hat durchaus einen göttlichen, übermenschlichen, übernatürlichen Charakter.

Also war es Gott. Ich habe Recht.

Andererseits hast du aber doch Unrecht. Weil im Hinduismus nichts wirklich der Idee des einzigen und ewigen Gottes der Buchreligionen entspricht. Gott ist nicht vorhanden.

Gibt es mehrere Götter im Hinduismus?

Ja und nein …

Das wird ja immer rätselhafter. Kannst du es mir erklären?

Ja, es gibt mehrere Götter. Jeder von ihnen hat seine Legende und besitzt spezifische Eigenschaften. Die indischen Götter erleben außergewöhnliche Abenteuer und kämpfen mit scheußlichen Fabelwesen. Manchmal verändern sie ihre Gestalt. Immer verfügen sie über außergewöhnliche Kräfte und manchmal über ungeheure Waffen.
Dennoch kann man sagen, dass alle diese Götter nur verschiedene Gesichter des großen göttlichen

Wesens sind – das einig und einzig ist. Insofern sind es nicht wirklich Götter, die voneinander getrennt sind. Aus hinduistischer Sicht sind es eher Masken, oberflächliche Erscheinungsformen. Hinter diesen Masken, unter den Erscheinungsformen, ist »etwas« Einzigartiges, Absolutes.

Also gibt es mehrere Götter, die wie Rollen sind, aber es gibt nur einen Schauspieler, der sie alle spielt. Und das ist Gott.

Das trifft die Sache ziemlich gut – und doch genügt es noch nicht ganz. Weil das Absolute im Hinduismus nicht dem gleicht, was in der Bibel Gott oder im Koran Allah heißt. Das Absolute hat die Welt nicht erschaffen. Es sitzt nicht über die Seelen zu Gericht, um sie ins Paradies oder in die Hölle zu schicken. Und die Welt selbst, das ganze Universum ist im Grunde nur eine große Illusion.

Was soll das heißen? Wir sind doch wirklich.

Das ist eigentlich gar nicht so kompliziert, entspricht nur so ganz und gar nicht unseren Denkgewohnheiten. Deshalb sollten wir auch nicht versuchen, die Religionen Indiens mit unserer europäischen Brille zu betrachten. Wenn wir von »Gott«, »Religion«, »Seelenheil« oder »Erlösung« sprechen, so sind das Begriffe, die den Indern nichts sagen. Be-

ginnen wir mit dem Gottesbegriff. Für die Juden, Christen und Muslime ist Gott ein ewiger Geist. Er hat die Welt erschaffen, und diese materielle Welt ist ihm äußerlich. Auch die Menschen hat er erschaffen. Er hat ihnen seinen Willen offenbart und die Regeln vorgegeben, nach denen sie zu leben haben. Und er hat ihnen die Möglichkeit eröffnet zu wählen. Sie können seinen Geboten folgen oder nicht. Sie können sich richtig oder falsch verhalten, gerecht oder ungerecht.
Das sind – sehr grob – einige Glaubensüberzeugungen, die den Buchreligionen gemeinsam sind. Gott und die Welt sind voneinander getrennte Bereiche, sie sind auf jeden Fall unterschiedlich zu sehen.

Und beim Hinduismus ist das anders?

Das ist eine ziemlich schwierige Frage. Zunächst ist die Welt nicht nur einmal erschaffen worden, sondern sie wurde geschaffen, zerstört, wieder erschaffen – und das wiederholte sich immer und immer wieder. Stellen wir uns ein unermessliches Wesen vor, das wach wird und wieder einschläft. Natürlich kann jeder »Tag« oder jede »Nacht« Jahrmilliarden dauern. Wichtig ist nur, dass die Auf- und Untergänge des Universums einander ablösen.

Warum ist das wichtig?

Weil es uns einen ersten Unterschied zur Sichtweise der monotheistischen Religionen zeigt. Der Zeitbegriff ist ein anderer. Für das Judentum, das Christentum und den Islam ist die Zeit eine Gerade. Diese Gerade beginnt mit der Erschaffung der Welt und reicht bis zum »Ende der Zeit«, dem Jüngsten Gericht, das heißt dem Augenblick, da die Welt zu existieren aufhört. Für den Hinduismus ist die Zeit eher ein Kreis. Das Universum entsteht, wächst, dann zerfällt es und verschwindet, um abermals zu entstehen, zu wachsen und wieder zu verschwinden ... Und so fort. Unaufhörlich, ohne Anfang und ohne Ende, nichts, was »ein für alle Mal« existiert.

Also gibt es nicht wirklich eine einzige Welt, sondern eine Folge von Welten.

Genau: eine Folge von Welten, die sich ähneln. Diese zahllosen Welten durchlaufen jeweils ähnliche Zustände. Für den Hinduismus hat die Geschichte des Universums und die der Menschheit nicht nur ein einziges Mal stattgefunden. Die Geschichte wiederholt sich. Sie durchläuft dieselben Etappen – wie ein Rad, das sich dreht.

Diese Art, sich die Zeit vorzustellen, verstehe ich schon. Aber das ändert doch nichts an Gott.

Du hast Recht. Man könnte sich vorstellen, dass Gott stets derselbe bliebe. Er finge dann einfach immer wieder mit seiner Schöpfung an, die ihm stets aufs Neue aus dem Ruder liefe. Das wäre ein bisschen merkwürdig, aber durchaus vorstellbar. Allerdings sieht der Hinduismus es anders. Im Mittelpunkt steht die Idee, dass die Welt eine Art Traum Gottes ist.

Aber ein Traum spielt sich im Innern eines Menschen, in seinem Kopf ab, und er ist nicht wirklich.

Gewiss, aber versuch dir, einfach so zum Spaß, einmal vorzustellen, du und ich, wir beide wären Figuren in einem Traum. Wir, der Tisch, die Stühle, das Haus, alles, was um uns herum ist, gibt es nur im Kopf eines ungeheuren Geistes. Was sagst du dazu?

Da können wir nur hoffen, dass der Geist, der diesen Traum hat, nicht aufwacht. Sonst wären wir nämlich verschwunden!

Einverstanden. Hoffen wir also. Doch lassen wir uns die Idee einmal durch den Kopf gehen. Natürlich erscheint sie auf den ersten Blick sehr verrückt und seltsam. Wir wollen uns davon aber nicht abschrecken lassen. Wäre die Welt ein Traum, den ein großer Geist träumte, gäbe es alles nur innerhalb dieses Traums. Einverstanden?

Ja, auch die Armut und die Kriege.

Alles wäre in diesem großen Geist. Wir eingeschlossen. Und wenn dieser große Geist Gott wäre, was würdest du daraus schließen?

Nun – wir sind in Gott, und trotzdem sind wir nicht er.

Fahren wir noch ein bisschen fort, dann wird sich die Landschaft verändern. In den Religionen, über die wir bisher gesprochen haben, sind die Begriffe »Trennung« und »Verbindung« von entscheidender Bedeutung. Gott und die Welt sind getrennt voneinander. Gott ist Geist, die Welt Materie. Der Mensch steht zwischen beiden, er ist Geist und Materie, Seele und Leib zugleich. Das ist der Grund, warum es Religionen gibt: Sie sollen diese Trennung aufheben, die Menschen mit Gott verbinden. Ebenso sind die Menschen voneinander getrennt, indem sie unabhängige Individuen sind. Diese verschiedenen Personen müssen nun Wege finden, sich näher zu kommen: Liebe, Freundschaft, Solidarität.
Im Hinduismus liegen die Verhältnisse anders. Dort wird ganz im Gegenteil betont, dass es keine Trennung gibt. Statt von einer Situation auszugehen, wo jeder Mensch und jedes Ding von allen anderen isoliert zu sehen ist, wird hier eine Brücke konstruiert, um die Kluft zu überwinden. Das soll zeigen, dass alle Trennungen Illusionen und Trugbilder sind.

Aber warum diese Idee vom Traum? Wir sind doch vollkommen wirklich.

In einem berühmten indischen Text gibt es eine Szene, wo ein Meister seinen Schüler auffordert, einen weit entfernten Baum zu betrachten. Und der Meister sagt zu dem Schüler, der den Baum betrachtet: »Das bist du.« Dann fordert er ihn auf, eine Biene zu betrachten und sagt wieder: »Das bist du.« Und so fährt er fort. Die Formel »Das bist du« – das »große Wort«, wie sie in Indien heißt – bedeutet, dass es keine Trennung gibt, keinen unüberbrückbaren Unterschied zwischen den Menschen, den Tieren und den Dingen.

Aber ich bin nicht du! Und du bist keine Biene. Und ich bin kein Baum. Was sollen diese Geschichten?

Damit soll nur der Gedanke veranschaulicht werden, dass diese Trennungen nur Schein sein könnten. Natürlich bist du du, bin ich ich, sind Bienen Bienen und Bäume Bäume. Im Hinduismus jedoch könnte das alles auch Gott oder das Absolute sein. In diesem Fall verschwinden die Unterschiede, Trennungen, Distanzen nicht auf einen Schlag, aber sie erscheinen nur noch wie Spiegelungen auf dem Wasser, nicht mehr wie harte Realitäten.

Alles, was in der Welt existiert, sieht aus, als bestünde es aus vielen Dingen, ist aber in Wahrheit nur eines?

Ja, so ist es. Und dieses »Eine« ist das Absolute. Man kann es auch Gott nennen, allerdings muss man sich darüber im Klaren sein, dass sich dieser Gottesbegriff von dem der Juden, Christen und Muslime unterscheidet. Das ist kein Gott, der von der Welt verschieden ist.

Also auch wir sind aus der Sicht des Hinduismus nicht von Gott verschieden?

Aber nein. Für den Hinduismus müssen wir verstehen, dass wir selbst Gott sind. Wir haben Unrecht, wenn wir uns vorstellen, wir wären getrennte Individuen. Sobald uns wirklich bewusst wird, dass unser eigener Geist mit dem ganzen Universum verbunden ist, treten wir aus den Grenzen unseres Ichs hinaus.

Aber man kann sich doch nicht aus dem eigenen Körper davonmachen. Ich verstehe das nicht.

Gut, versuchen wir es anders. Stellen wir uns Wassertropfen vor. Ganz rund, ganz getrennt, wie Spritzer im Wasch- oder Spülbecken. Kleine, vereinzelte Tropfen nebeneinander. Stell dir vor, jeder Tropfen wäre ein Mensch, eine Person wie du und ich. Du kannst das Leben dieser Tropfen unterschiedlich betrachten. Hätte beispielsweise jeder dieser Tropfen ein ewiges Leben, könnten sie individuelle Tropfen bleiben, wie Seelen, die alle einen Namen hätten. Aber man kann sich auch vorstellen, dass man mit einem Wasserstrahl über die Tropfen geht und sie sich alle im Meer vereinigen. Verschwindet ein Wassertropfen, wenn er ins Meer gelangt?

Natürlich nicht!

So natürlich ist das nicht. Als gesonderter Tropfen ist er sehr wohl verschwunden, weil er sich mit dem großen Wasser vereinigt. Man könnte sogar sagen, er sei unermesslich geworden. Er sei der gesamte Ozean geworden. Jedenfalls gibt es keine Schranke, keine Teilung, keine Trennung mehr.

Und?

Nun, wären wir Wassertropfen, könnten wir den Wunsch verspüren, ewig, rund und individuell zu bleiben. Das wäre die Idee des ewigen Lebens der Seelen. Sie leben zeitlich unbegrenzt in personalisierter Gestalt. Hätten wir hingegen die Sehnsucht, ins Meer zu gelangen und mit der Unermesslichkeit eins zu werden, entspräche das dem Wunsch der Hindus.

Wollen sie das ewige Leben?

Jedenfalls nicht so wie die Christen und die Muslime. Denn sie gehen von unterschiedlichen Lebensbegriffen aus. In gewisser Weise glauben die Christen und Muslime, dass der Mensch nicht stirbt, wenn er einmal geboren ist. Dem Leben seines Körpers wird ein Ende gesetzt sein, aber seine persönliche Seele (sein gerundeter Wassertropfen) wird ewig leben. Dieses ewige Leben kann grenzenloses Glück bedeuten. Die Vorstellung, unbegrenzt zu leben und den Lohn Gottes zu genießen, ist für die Christen und Muslime die entscheidende Hoffnung, die sie die Widrigkeiten des Daseins ertragen lässt.
Dagegen ist für die Kultur der Inder die Idee eines ewigen Lebens entmutigend. Denn die Inder glauben, es könne kein Leben ohne Leiden geben. Selbst wenn das Leben eines Menschen voller Glück ist, gibt es Augenblicke der Traurigkeit. Da die Zeit für sie wie ein Rad ist, glauben die Inder vor allem, unsere Leben würden aufeinander folgen wie Punkte auf einem Rad.

Wie oft wird man wiedergeboren?

Sagen wir – tausendundein Mal. Jedes deiner Leben hängt für die Hindus davon ab, was du im vorhergehenden getan hast. Wenn du gut gehandelt hast, wirst du in ein besseres, ein glücklicheres Leben wiedergeboren. Hast du schlecht gehandelt, wirst du arm oder krank oder in Gestalt eines hässlichen Tiers wiedergeboren. Diese Folge von Leben durchläuft Höhen und Tiefen. Doch der Kreislauf findet kein Ende, solange man wiedergeboren wird. Und stets bedeutet er mehr oder weniger Leiden. Das ist der Grund, warum die Idee des »ewigen Lebens« den Indern so schrecklich erscheint.

Und wo ist der Ausweg?

Dem Leben zu entkommen.

Sterben?

Nein – nicht wiedergeboren zu werden. Das ist nicht dasselbe. Die »Erlösten« werden nicht mehr wiedergeboren. Sie sind dem Kreislauf von Tod und Wiedergeburt entronnen. Als hätten sie einen Ausgang aus dem Kreislauf der Zeit gefunden.

Und wo sind sie dann?

Das weiß man nicht, weil man es sich nicht vorstellen kann. Wenn sich ein Tropfen Wasser im Meer befindet, wo ist er dann?

Was muss man tun, um erlöst zu werden?

Aufhören, zu wünschen und zu begehren, sich an die trügerischen Dinge zu klammern, und begreifen, dass wir nicht vom Absoluten getrennt sind.

Ist es bei den Buddhisten genauso?

In dieser Hinsicht ja. Die Vorstellungen der Buddhisten und Hindus ähneln sich. Sie decken sich nicht, besitzen aber eine gewisse Familienähnlichkeit.

Und? Wo liegen die Unterschiede?

Der Buddhismus ist eher eine philosophische Haltung, eine Weisheit, die erst allmählich zur Religion geworden ist. Ich werde versuchen, dir das zu erklären. Eine Weisheit ist nicht unbedingt eine traurige Angelegenheit. Für die Buddhisten heißt das, die Welt so zu verstehen, dass man sein Verlangen und damit sein Leben verändert. Die Idee der Weisheit umfasst weder die Idee einer göttlichen Welt noch die eines göttlichen Wortes, das den Menschen offenbart wird. Das ist der Grund, warum eine philosophische Haltung nicht mit Religion gleichzusetzen ist.
Was bedeutet es, wenn wir sagen, der Buddhismus sei eine philosophische Haltung, die zur Religion geworden ist? Buddha hat nie behauptet, ein Gott

zu sein. Genauso wenig hat er sich als Prophet oder Gesandter Gottes bezeichnet. Da haben wir einen ersten Unterschied zu den Buchreligionen. Moses erhält von Gott die Zehn Gebote. Christus bezeichnet sich als Gottes Sohn. Mohammed, der Prophet des Islam, ist der Gesandte Gottes. Die *Veden* sind nach Meinung der Hindus nicht von Menschen geschrieben. Buddha aber ist ein Mensch, nichts als ein Mensch, und er behauptet auch nicht, das offenbarte Wort Gottes zu verkünden. Er beschreibt eine Methode, um das Leiden zu beenden, und er sagt in etwa: »Glaubt mir nicht aufs Wort! Versucht es selbst!«

Wann hat er gelebt?

Man weiß, dass er im fünften Jahrhundert vor Christus gelebt hat, etwa zur selben Zeit wie der griechische Philosoph Sokrates. Gautama (den Beinamen »Buddha« – der »Erleuchtete« – hat er erst später erhalten) lebte in Indien, an den Ufern des Ganges. Der Sage nach war er der Sohn eines Königs. Dieser besaß ein kleines Königreich und hütete den jungen Prinzen wie seinen Augapfel. Laut der Legende wollte er seinen Sohn vor allem Leid der Welt behüten. So genoss der junge Prinz zwar Wohlleben, Luxus, Überfluss, Musik, schöne Gewänder und Parfüms, durfte aber den Palast nicht verlassen. Doch eines Tages beschloss der junge

Krieger Buddha, schön und gestählt, trotzdem aus dem Palast hinauszugehen …

Trotz des Verbots seines Vaters?

Ja. Und er hat drei Begegnungen, in deren Verlauf er entdeckt, was man bisher vor ihm verborgen hat: Krankheit, Alter und Tod. Er erfährt, dass sie unvermeidlich sind. So lernt er das Leid des menschlichen Daseins kennen. Das weckt in ihm den Wunsch, diesem Leiden zu entrinnen. Der zentrale Gedanke des Buddhismus ist es, dem Leid ein Ende zu setzen. Wie lässt es sich erreichen, nicht mehr zu leiden? Das ist der Ausgangspunkt. Da sich weder Krankheit noch Alter, noch Tod aus der Welt schaffen lässt, muss man ein Mittel finden, um diese Wirklichkeiten daran zu hindern, weiterhin Leiden zu verursachen.
Also verlässt Prinz Gautama den Palast seines Vaters. Er verlässt seine Gemahlin – denn er ist verheiratet –, seinen kleinen Sohn – denn er hat ein ganz kleines Kind – und beschließt, kein Krieger mehr zu sein. Er schneidet sich die Haare ab, trennt sich von seinem Lieblingspferd und wird ein Eremit, das heißt, ein Einsiedler, der sich ganz seinen Meditationen überlässt. Er lebt bei weisen Männern, die ihn veranlassen, auf alles zu verzichten und fast nichts mehr zu essen. Nur noch ein Reiskorn pro Tag isst er, wie die Legende berichtet.

Doch er erkennt, dass dieses entbehrungsreiche Leben nicht die Lösung ist. Man entkommt dem Leiden der Welt nicht, indem man sich Leid zufügt! Wie den Überfluss des väterlichen Palastes verlässt Gautama nun auch die Meister, die diese übermäßigen Entbehrungen von ihm verlangen. Er will den rechten Weg aus eigener Kraft finden.
Du siehst, dass dies etwas ganz anderes ist als die Offenbarungsreligionen. Es gibt keinen Gott, keinen göttlichen Willen, kein göttliches Wort. Da versucht ein Mensch ganz allein durch Meditation herauszufinden, was es mit der Welt auf sich hat und auf welchem Weg wir dem Leiden entgehen können. Er setzt sich unter einen Baum und beschließt, sich nicht mehr zu rühren, bis er eine Lösung gefunden hat. – Da hat er die Erleuchtung. Er wird der Erleuchtete, der »Buddha«. Nun versteht er, woher das Leiden kommt und wie man es beenden kann.

Das ist wie Zauberei!

Ja, du hast Recht. Man könnte meinen, es wäre Zauberei, denn mit einem Schlag begreift er alles. Er sieht, wie die ganze Welt beschaffen ist. Dank dieser Erkenntnis kann er einen Weg finden, um dem Leiden zu entgehen.

Was für einen?

Wir leiden, weil wir Dinge begehren, die alle keine Dauer haben. Wir wünschen uns, jung zu sein, doch der Jugend ist keine Dauer beschieden. Wir möchten schön bleiben, doch Schönheit vergeht. Wir wollen leben und müssen doch sterben. Wir klammern uns also an die flüchtigen Erscheinungen und leiden, weil sie vergänglich sind. Wenn es uns gelingt, dieses Verlangen zu überwinden, uns von diesen Dingen zu distanzieren, ist unser Leiden beendet. Die Methode, um sich loszusagen – denn der bloße Entschluss reicht nicht –, ist ein bestimmtes Verhalten, das »rechte« Verhalten, wie Buddha sagt, in der Beziehung zu anderen und zu sich selbst. Es ist die Idee eines mittleren Weges: nicht zu angespannt und nicht zu lasch. Wie eine Geigensaite: zu straff gespannt, reißt sie; zu locker, erzeugt sie keinen Ton. Daher müssen wir in unserer Beziehung zu den Dingen, den Menschen und zu uns selbst dem »mittleren Weg« folgen, der zwischen Bindung und Entsagung verläuft.

Das hat aber wenig Ähnlichkeit mit einer Religion.

Noch nicht, da hast du Recht. Was ich bisher über den Buddhismus gesagt habe, betrifft eher ein bestimmtes Verhalten im Leben, eine Haltung, fast eine Philosophie, aber nicht wirklich eine Religion.

Allerdings dürfen wir ein wichtiges Element des Buddhismus nicht vergessen – *Karuna*, das heißt das Mitgefühl mit den anderen, mit allen Formen des leidenden Lebens. Das Los der Ärmsten, der Schwächsten zu erleichtern, seine Macht nicht auszuspielen, nicht egoistisch zu handeln, die Bedürfnisse der anderen über die eigenen zu stellen, mit allen Formen der Not solidarisch zu sein – das sind die wichtigsten Äußerungsformen des Mitgefühls. Ähnliche Tendenzen findet man übrigens in allen Religionen: Aufopferung, Barmherzigkeit, gegenseitige Hilfe.
Im Buddhismus erstreckt sich dieses Mitgefühl auf alle Formen des Lebens, die Tiere eingeschlossen. So gibt es zum Beispiel eine Erzählung für Kinder, in der Buddha einer Löwin mit ihren hungernden Jungen begegnet. Die Löwin hat keine Milch mehr. Sie findet nirgends etwas zu fressen. Ihre Kleinen werden sterben. Da lässt sich Buddha aus Mitgefühl von der Löwin fressen. Gewiss, das ist eine Erzählung, aber sie zeigt doch, dass das Mitgefühl in dieser Religion nicht auf die Menschen beschränkt bleibt.

Letztlich ist es also eine Religion?

Ja, aber wir müssen noch deutlich machen, wie es dazu gekommen ist. Anfangs, als Buddha seine Gemeinschaft gründete, war sie nicht wirklich religiös in dem uns geläufigen Sinne. Die Mönche befolgten sehr strenge Regeln. Sie erbettelten ihre Nahrung, besaßen so gut wie nichts, abgesehen von dem, was sie auf dem Leibe trugen, und verbrachten ihre Zeit im Wesentlichen mit Meditation. Allerdings sagten sie keine Gebete auf und nahmen an keinen religiösen Zeremonien teil. Ohne diese Elemente kann man aber kaum von einer Religion sprechen. Außerdem galten anfangs nur die Mönche als Buddhisten. Wer kein Mönch war, blieb in gewisser Weise außen vor. Die Menschen durften den Mönchen zu essen geben, aber mehr nicht!

Mit der Zeit veränderte sich das. In ganz Asien wurden Familienväter, Bauern und Kaufleute in dem Maße zu Buddhisten, wie die Mönchsgruppen zahlreicher und einflussreicher wurden. Die Menschen begannen zu Buddha zu beten und erbaten seine Gunst für ihre Geschäfte, ihre Ernten, ihre Familien. Die Klöster wurden größer und erwarben Grundbesitz. Gelegentlich häuften sie große Reichtümer an. Aus Bettlern wurden Großgrundbesitzer. Diese Entwicklung erinnert in gewisser Weise an die des Christentums im mittelalterlichen Europa. Für das Volk organisierten die Mönche Zeremonien und Rituale mit Gebeten, Gesängen, Weihrauch und Blumenopfern für Buddha. So hat sich der Buddhismus nach und nach zu einer Religion entwickelt. Am Ende verehrte man Buddha als übernatürliches, göttliches Wesen.

Aber er war nur ein Mensch.

Natürlich, doch solche Wandlungen kommen in der Geschichte der Menschheit häufig vor. Seit jeher und überall hoffen Menschen, denen Unglück widerfährt, dass es aufhört. Dass ein Kind, welches im Sterben liegt, geheilt wird. Dass ein Missgeschick, welches droht, abgewendet wird. Dass ein Krieg, dem die Menschen zum Opfer fallen, beendet wird. So oder ähnlich sind die Hoffnungen der Menschen. Häufig scheint die Rettung aus der Not menschliche Kräfte zu übersteigen. Wen soll man um Hilfe bitten? Von wem dürfen die Menschen erwarten, dass er das Unmögliche möglich macht? Also rufen sie eine übermenschliche Macht um Hilfe an. Sie beten, sie flehen. Und wenn das Kind geheilt, das Missgeschick abgewendet, der Krieg beendet wird, dann danken sie dieser Macht. Das gehört, ob es einem gefällt oder nicht, zur Welt der Religionen.

Statt eines Schlusses: Mehrere, eine einzige oder keine?

Ist damit alles gesagt?

Aber nein. Wir haben ein Stück Weg zurückgelegt. Aber es wären noch viele weitere Erklärungen anzufügen. Wir könnten unseren Weg wieder aufnehmen und würden noch auf viele Dinge stoßen. Innerhalb einer jeden Religion gibt es eine Reihe verschiedener Glaubensinhalte. Sie bilden gewissermaßen Gruppen oder Familien. Wollten wir mit unseren Erkundungen fortfahren, müssten wir beispielsweise die bestehenden Unterschiede im Judentum genauer betrachten, die Unterschiede zwischen den Sephardim, die 1492 aus Spanien vertrieben wurden – das heißt den Juden aus Nordafrika –, und den Aschkenasim, den Juden aus Osteuropa. Im Christentum müssten wir über die orthodoxe Kirche sprechen, die sich um das Jahr 1000 von der katholischen getrennt hat und heute in Russland und mehreren osteuropäischen Ländern die vorherrschende Kirche ist. Bei den Protestanten müssten wir zwischen Lutheranern, Kalvinisten, Baptisten und so weiter unterscheiden. Bei den Muslimen könnte man zwischen Sunniten und Schiiten unterscheiden.

Also kämen wir nie ans Ende.

In Sachen Erkenntnis kommt man nie an ein Ende. Wichtig ist, dass man lernt, sich zu orientieren. Bei den Hindus könnte man die Vishnuisten, die Verehrer des Gottes Vishnu, von den Shivaisten, den Anhängern des Gottes Shiva, unterscheiden. Bei den Buddhisten ließe sich auf die Anhänger des »Kleinen Fahrzeugs« und des »Großen Fahrzeugs« hinweisen, die für zwei verschiedene Auffassungen des buddhistischen Weges stehen. Man müsste von Afrika sprechen und die äußerst subtilen Vorstellungen erläutern, die man sich in den traditionellen afrikanischen Religionen von der menschlichen Seele, dem Tod, dem Körper und der Natur macht. Wir könnten uns auch nach Japan wenden, um uns mit dem Ahnenkult und dem *Shinto* zu befassen. In China wären der Konfuzianismus, die philosophische Haltung, die auf Konfuzius zurückgeht, und der Taoismus …

Nicht so schnell! Was ist mit Zen?

Richtig, das Zen, auch das dürfen wir nicht vergessen. Da müssten wir darauf hinweisen, dass es sich um eine Mischung handelt, die sich in Japan aus dem in China entstandenen Taoismus und dem in Indien entstandenen Buddhismus entwickelt hat …

Hör auf! Deine Enzyklopädie kannst du später schreiben.

Und so kämen wir zu den »tausend« Religionen, mit denen wir begonnen haben. Und wenn man stattdessen behauptete, es gäbe nur eine? Selbst wenn die Religionen allem Anschein nach zahlreich und vielfältig sind, könnte es doch sein, dass sie in Wirklichkeit alle dasselbe sagen. Man könnte sich vorstellen, dass sie »im Grunde« alle gleich sind. Wie verschiedene Wege, die jedoch alle am selben Ort beginnen und alle zum selben Ziel führen. Diese Idee ist allerdings nicht neu. Sie ist schon vielfach geäußert worden.
Es gibt sogar eine Religion, die sich aus diesem Gedanken entwickelt hat. Heute hat die Bahai-Religion, die vor etwa einem Jahrhundert entstanden ist, Anhänger in fast aller Welt. Laut dieser Religion kreisen alle Religionen um das gleiche Ideal der Gerechtigkeit, Brüderlichkeit und Achtung vor dem Individuum. Danach ist das, was sie gemeinsam haben, wichtiger und tiefer als das, was sie trennt. Trotz der Vielfalt der Kulturen, der Sprachen, der Traditionen ist die entscheidende Botschaft – so die Bahai-Religion – in allen gleich.

Sicher. Aber wie lautet die Botschaft?

Was mich angeht, so bin ich mir nicht sicher, ob diese Auffassung richtig ist. Gewiss, sie ist tröstlich. Danach wären sich alle über die wesentlichen Aspekte einig, und der Streit beträfe lediglich Irrtümer oder Übertreibungen. Mir scheint jedoch, dass es zwischen den Religionen Gegensätze gibt, die man nicht so einfach beiseite schieben kann. Die einen gehen von einem Schöpfer und richtenden Gott aus, andere klammern diese Idee hingegen aus. Natürlich können die verschiedenen Religionen lernen, sich zu achten, einander gelten zu lassen und sich tolerant und verständnisvoll zu begegnen. Sie können sich aber nicht vereinigen, um eine einzige große Weltreligion zu bilden.

Das wäre eine seltsame Mischung.

Ein anderer Gedanke wäre die Annahme, dass sich alle diese verschiedenen Glaubensüberzeugungen ergänzen.

Wie Teile eines Puzzles?

Ja, das ist ein guter Vergleich. Stell dir jedes Puzzleteil vor. Es hat seine besondere Form, aber es passt in ein anderes. Das Bild, das alle zusammengefügten Teile ergeben, ist ganz anders als das Bild, das jedes Teil für sich liefert. Selbst wenn sich die Religionen nicht ganz so exakt ergänzen wie die Teile eines Puzzles, kann man sich doch vorstellen, dass sich die komplementären Aspekte deutlicher zeigen, wenn sie sich annähern.

Auf jeden Fall ist meiner Meinung nach ein Leben ganz ohne Religion nicht möglich.

Das kommt darauf an. Wenn du vom Leben eines Menschen sprichst, so ist das durchaus möglich. Es gibt viele Menschen, die an keine Religion glauben und sich noch nicht einmal um irgendeine religiöse Frage kümmern. Wenn du aber von der Menschheit insgesamt sprichst, bin ich ganz deiner Meinung. Ich glaube nicht, dass sie ganz ohne Religion leben kann.

Warum?

Aus Gründen, die zwei verschiedenen Kategorien angehören. Das eine sind »innere« Gründe. Meiner Meinung nach wird der Mensch immer beseelt sein von dem Verlangen nach etwas, was ihn übersteigt. In unserem Bewusstsein und in unserem Herzen haben wir eine bestimmte Beziehung zum Unendlichen. Wir empfinden sie mehr oder weniger, aber ganz verlieren werden wir sie nie. Im Mittelpunkt aller Religionen befindet sich zweifellos die Anzie-

hungskraft des Unendlichen. Unabhängig von allen Glaubenssystemen entdecken wir sie in unserem Inneren.
Bei der zweiten Kategorie handelt es sich um »äußerliche« Gründe. Ist es dir aufgefallen? Überall begleitet die Religion die großen Augenblicke des Lebens: Geburt, Ende der Kindheit, Heirat, Tod. Das ist natürlich kein Zufall. Die Gruppe, die Gesellschaft begleitet das Individuum, wenn es ins Leben eintritt, wenn es das Leben weitergibt und wenn es das Leben verlässt.
Diese beiden Motive werden meiner Überzeugung nach weiter bestehen. Möglich, dass sich die Religionen wandeln, dass sie andere Formen annehmen, aber sie werden weiter bestehen. Daran gibt es keinen Zweifel.

Also ist es nicht möglich, atheistisch zu sein.

Aber natürlich. Pass auf, dass du nicht »atheistisch« mit »agnostisch« verwechselst. Agnostisch zu sein (von griechisch *a*, »ohne«, und *gnosis*, »Erkenntnis«) heißt, ohne Religion zu sein, keine Meinung zu haben oder auch die Auffassung zu vertreten, dass wir nicht wissen können, wie die Wahrheit auf religiösem Gebiet aussieht. Das ist eine Haltung, die seit zweihundert Jahren immer stärker um sich greift.
Atheistisch zu sein, bedeutet etwas ganz anderes.

Auch dieses Wort kommt aus dem Griechischen (*a*, »ohne«, und *theós*, »Gott«), aber es bezeichnet eine sehr starke Überzeugung. Atheist zu sein, heißt zu glauben, dass es Gott nicht gibt. Und das ist eine Form des Glaubens. Natürlich ist es ein Glaube, der dem mehrerer großer Religionen entgegengesetzt ist. Er bedeutet aber nicht unbedingt eine Leugnung des Unendlichkeitsempfindens und auch keine Ablehnung aller Zeremonien. Häufig wird der Atheismus als eine Haltung dargestellt, die egoistisch ist, amoralisch oder verzweifelt oder alles auf einmal. Als wären religiöse Menschen stets großzügig und barmherzig. Und als wären Atheisten zwangsläufig gefühl- und herzlos. Man kann glauben, dass Gott nicht existiert, und gleichzeitig mitfühlend sein, solidarisch mit Menschen in Not. Und man kann sehr fromm und gleichzeitig sehr egoistisch sein.

Ich glaube, es ist unmöglich, Atheist zu sein, weil uns allen eine Art des Denkens eigen ist, die uns gläubig macht. Ich bin der Meinung, dass die Menschen, wenn sie an Gott oder an Buddha glauben, unbewusst ein vollkommenes Bild ihrer Selbst vor Augen haben.

Letztlich verhält es sich mit den Religionen wie mit allen wichtigen Bereichen des Lebens – auch hier wohnen die besten und die schlechtesten Eigenschaften beieinander. Die schlechtesten sind zum Beispiel Dummheit, Ignoranz, Beschränktheit, Ablehnung aller Kritik und Diskussion, die Gewissheit, Recht zu haben und im alleinigen Besitz der Wahrheit zu sein. Also Intoleranz, Fanatismus und Aberglaube. Die besten sind Barmherzigkeit, Mitgefühl, Solidarität, Toleranz und Achtung vor anderen. Also der Wunsch, Gutes zu tun, Gerechtigkeitssinn und ein Empfinden für die Schönheit des Daseins. Unter anderem.

Und es ist nicht möglich, nur die besten zu bewahren?

Vielleicht, aber das ist nicht einfach. Denn grundsätzlich gilt im Leben des Menschen, dass man die einen nicht ohne die anderen haben kann. Aber es wird schon bald an deiner Generation und später an der deiner Kinder sein, diese Situation nach Möglichkeit zu ändern. Und ich hoffe sehr, dass ihr damit Erfolg haben werdet. Hoffentlich wird es euch gelingen, endlich eine Welt zu schaffen, in der die Menschen aller Religionen nebst denen ohne Religion friedlich miteinander leben: eine freie Welt.
Einst waren Religion und Freiheit nicht miteinander zu vereinbaren. Man wurde irgendwo geboren und musste sich zur Religion des Landes bekennen. Niemand konnte sich frei entscheiden. Es war ausgeschlossen, die Religion zu wechseln, verboten, keine zu haben, und gefährlich, sie miteinander zu verbinden. Heute ist es leichter, die verschiedenen Religionen zu vergleichen, sich über sie zu infor-

mieren, diejenige auszusuchen, die einem zusagt, oder sich dafür zu entscheiden, ohne Religion zu leben.

Genau, ich möchte dir eine letzte Frage stellen: Sollte ich deiner Ansicht nach eine Religion haben?

Das weiß niemand außer …

Außer wem?

Außer dir.

Danksagung

Für die Hilfe unterschiedlicher Art, die sie bei der Vorbereitung des vorliegenden Buches geleistet haben, danken wir in alphabetischer Reihenfolge den folgenden Personen:
Laura Atran-Fresco, Tatiana Atran-Fresco, Paul Audi, Janie Bénas und dem Team der Strohhütte von *Cala di Sole*, Tahar Ben Jelloun, Claude Cherki, Fabienne Droit-Galimard, Nadine Fresco, Gabrielle Gelber, Yvette Gogue, Jean-Claude Guillebaud, Roland Jaccard, Maurice Olender, Françoise Peyrot, François Rachline, Jean-Louis Schlegel. Sie alle haben uns mit ihrem Rat, ihrem Vertrauen, ihrer Freundschaft und ihrer Zuneigung beigestanden.
Es versteht sich von selbst, dass der Autor des Textes allein für seinen Inhalt und seine endgültige Form verantwortlich ist.

M. D.-G. und R.-P. D.

Zum Autor:

Roger-Pol Droit ist Philosoph und Journalist und arbeitet u.a. als Kolumnist für *Le Monde*. Er ist Autor zahlreicher Bücher und Fachbücher zu philosophischen Themen. Bei Hoffmann und Campe erschien »Fünf Minuten Ewigkeit. 101 philosophische Alltagsexperimente« (2002).